우 선
멈 춤

안보윤 장편소설

우선멈춤

민음사

차례

프롤로그

지구대에서 전화가 온 것은 유난히 건조하고 먼지가 많은 일요일 아침이었다.

해정은 일찍부터 책상 앞에 앉아 있었다. 다음 날 있을 국사 시험 때문이었다. 단순한 쪽지 시험이지만 고등학교에서의 첫 시험인 만큼 나쁜 인상을 남기고 싶지 않았다. 해정은 통일신라 경제정책과 사림의 등장 배경을 노트에 새까맣게 베껴 쓰며 외웠다. 일렬로 늘어서던 글자들이 전화벨 소리에 놀라 쿨렁댔다.

해수는 거실에서 「철콘 근크리트」를 보던 참이었다. 재생 횟수가 족히 100번은 넘었을 DVD는 여전히 또렷한 색감을 자랑했다. 화면이 자주 흔들리고 직직대는 건 품질 이상이 아닌 감독의 의지였다. 감독은 빠르고 불안정하게 화면을 뒤섞고 일그러뜨렸다. 빨간 고글을 쓴 사내아이가 빌딩 숲을 날아올라 쇠 파이프를 내리치는가 싶더니 금세 피투성이로 허공을 나는 누군가로 화면이 바뀌었다. 아아, 여기는 지구. 재생과 일시 정지 버튼을 번갈아 누르며 해수가 수화기에 대고 소리쳤다.

해정이 방에서 나올 때까지 "여기는 지구."만 반복하던 해수가 숨죽여 웃었다. 눈썹 선에 맞춰 가지런히 잘린 머리칼이 덩달아 촐랑댔다. 어른들도 장난 전화하는 거야? 이 아저씨, 자기가 지구 수비대래. 해정은 볼펜 찌꺼기로 더러워진 손을 내밀어 수화기를 받았다. 상월지구대입니다. 따라붙는 목소리가 꼭 목이 졸린 사람의 것 같았다.

─ 어디라구요?

─ 상월, 지구댑니다. 정현철 씨 때문에 전화드렸어…… 크흠, 집에 어른은 안 계시니?

지구대, 지구대, 지구대. 판구조운동으로 이루어진 동아프리카 지구대와 사해 지구대, 그리고 상월 지구대? 어리둥절해 있던 해정이 돌연 허리를 세웠다. 거리에서 본 나무 간판과 날개 달린 무궁화가 눈앞에 선연했다.

─ 경찰서 말씀이세요?

소파 위를 강중강중 뛰던 해수도 제자리에 멈췄다. 한 번도 본 적 없는 얼굴이 눈앞에 있어서였다. 지독한 불안과 절망에 휩싸인 얼굴. 해수는 화면 속 피투성이 얼굴과 해정의 얼굴을 번갈아 봤다. 양쪽 다 가짜 같았다.

아빠한테 무슨 일이 생긴 건가요? 해정의 습기 찬 목소리가 거실을 채웠다.

해정은 일단 신발부터 찾아 신었다. 아빠는 어젯밤 집에 들어오지 않았다. 대수롭지 않게 여겼는데 지금은 그것이 무엇보다 마음에 걸렸다. 9시 뉴스에 나왔던 가스폭발 사건이 아빠 회사 근처에서 일어났던가? 종잇장처럼 구겨진 자동차가 여섯 대나 겹쳐 있던 고속도로는 어디였더라?

상월지구대는 해정의 집에서 세 블록 떨어진 곳에 있었다. 어학원과 PC방으로 꽉 찬 고층 빌딩이 양옆에 어깨처럼 솟아 있어, 단층의 지구대는 푹 수그린 머리로 보였다. 경광등을 단 백색 오토바이와 경찰차가 집에서 쫓겨난 아이처럼 그 앞에 서 있었다. 해정은 4차선 도로를 사이에 두고 지구대와 마주 섰다. 신호등을 무시하고 뛰려는데 누가 뒤에서 팔을 붙잡았다. 해수였다. 해수는 천진난만한, 어딘가 들뜨기까지 한 시선으로 해정을 바라보고 있었다. 누나, 빨간불이야. 해정은 억지로 고개를 끄덕였다. 땀에 젖은 손가락이 팔에서 죽 미끄러졌다.

―아빠, 아빠가…….

지구대 문을 열자마자 해정은 아빠를 찾아냈다. 조각조
각 나 있지도 종잇장처럼 구겨지지도 않은 멀쩡한 모습이었
다. 그런데 주위 모습이 좀 이상했다. 가운데 선 아빠를 여자
들이 바리케이드 치듯 빙 둘러싸고 있다는 점이, 그들이 모두
똑같은 옷을 입고 있다는 점이 그랬다. 상의 등 부분이 흠뻑
젖어 속옷이 고스란히 비치는 찜질방 옷. 여자들은 분홍색이
고 아빠는 물 빠진 쑥색이라는 점만 달랐다.

여자들은 해정 또래로 보였다. 하나같이 사나운 얼굴로 턱
을 세운 채였다. 한 걸음 다가가자 상황이 좀 더 명확히 보였
다. 목덜미가 파랗게 드러난 단발머리 여자아이 하나가 아빠
멱살을 틀어쥐고 있었다.

―변태 새끼!

해정이 흠칫 뒤로 물러섰다.

―남탕으로 내빼면 내가 못 잡을 줄 알았지? 이 변태 새끼야.

―일단 좀 앉으세요. 저희도 조서를 써야 될 거 아닙니까.

―달리 물어볼 것도 없다니까요. 친구들이랑 자고 있는데
이 새끼가 와서 내 가슴이랑 엉덩이를 만졌다구요. 내가 소리
치니까 남탕으로 내빼고는, 하, 아저씨도 봤죠? 거기 숨어서
뻔뻔스럽게 자는 척하고 있던 거. 씨발, 낫살이나 처먹은 새끼
가. 그러고 살고 싶니? 넌 자식도 없어?

아빠는 대꾸하지 않았다. 그것이 부끄러움에서 연유한 침묵이 아니라는 점이 해정을 경악케 했다. 아빠의 얼굴은 고급 슈트를 입고 출근하던 때와 똑같았다. 단호하고 권위적인 표정, 귀찮은 일을 떠맡았다는 식의 거만한 표정. 해정은 한 걸음 더 뒤로 물러섰다.

—아빠……?

지구대 안 사람들이 일제히 돌아섰다. 해정은 저도 모르게 입을 막았다. 그러나 자신의 턱과 입은 완강하게 굳어 있었다. 소리가 들려온 건 훨씬 아래쪽, 뒤늦게 불안을 감지한 해수에게서였다. 아빠 왜 그래? 해정은 자신들에게 쏟아지는 강렬한 호기심과 멸시 때문에 현기증이 일었다. 의자에 앉아 머리를 털던 나이 든 여자 하나가 해수를 빤히 들여다보았다. 너, 해수 아니니? 여자 몸이 부자연스러울 정도로 기울어지는가 싶더니 해수 팔을 끌어당겨 자기 앞에 세웠다.

—너, 정해수지? 요 앞 장도초등학교 5학년 3반 다니는!

—정현철 씨 가족 되십니까?

여자가 뭔가 더 말하려는데 제복 차림의 남자가 앞을 막아섰다. 꽉 잠긴 목소리가 전화로 들은 것과 똑같았다. 해정은 머뭇머뭇 입을 열었다. 답을 고민해서가 아니라 굳은 턱이 움직이질 않아서였다. 가까스로 뽑아낸 소리는 납 조각처럼 거칠고 무거웠다. 해정은 더 힘주어 목을 열었다.

—아니요. 가족 아니에요.

　해정은 머리칼이 납작하게 들러붙은 아빠 이마와 얇고 긴 입술에서 눈을 돌렸다. 무슨 일인지 물어볼 필요조차 없었다. 변태 새끼! 여자아이의 그악스러운 고함이 해정의 목덜미를 잡아채는 것만 같았다. 차라리 조각조각 나거나 구겨진 아빠였다면 좋았을 텐데. 피투성이로 쓰러진 아빠라면 최소한 부끄럽지는 않았을 텐데.

　해정이 해수 손목을 움켜쥐었다. 손가락 어디쯤 닿은 맥이 무서울 정도로 빨랐다. 지구대 문을 나서자마자 해정은 달리기 시작했다. 두리번대지도 망설이지도 않았다. 길고 좁은 빌딩들이 머리 위로 엉켰다. 입구와 출구가 불분명한 주차장, 찌그러진 콜라 컵이 수북한 쓰레기통, 번호판이 사라진 폐차 직전의 트럭이 눈 옆으로 휙휙 지나갔다. 해수가 기어코 넘어져 아스팔트에 한쪽 팔과 무릎이 갈린 뒤에야 해정은 달리기를 멈췄다.

　유난히 건조하고 먼지가 많은 일요일 아침이었다. 검은 도로에는 내달린 아이들의 발자국조차 남아 있지 않았다. 사방이 온통 흐렸다.

춤추는 큐렛

비좁은 방이다. 순임은 신발을 벗고 끈적끈적한 장판 위로 올라선다. 묵은 때가 껌처럼 들러붙은 타일과 장판이 곧바로 이어져 방은 더욱 좁고 지저분해 보인다. 천장은 낮다. 바닥까지 늘어진 두꺼운 커튼 탓에 안 그래도 낮은 천장이 더욱 주저앉은 것 같다. 촌스러운 분홍색 커튼은 점점이 박힌 꽃이 주근깨로 보일 정도로 낡았다.

미리 확인한 대로 침대는 없다.

구식 텔레비전과 받침대, 전신 거울 하나가 방 안 물건의 전부다. 정체 모를 얼룩으로 뒤덮인 거울이 불퉁한 순임의 얼굴을 그대로 비춘다. 뺨이나 이마 언저리가 조금 더 일그러져 보이는 듯도 하다.

─여관비까지 내가 내야 된단 말은 안 했잖아요?

문을 가로막고 선 여자아이가 따져 묻는다. 쿰쿰한 냄새가 코를 찌르는 계단을 오를 때부터 화를 삭이지 못해 불근대는 기색이 역력했다. 순임은 여자아이 말을 못 들은 척 방 가운데 선다. 커다란 등산 가방 때문에 순임의 뒷모습은 반백 년 묵은 바다거북 같다. 순임이 천천히 등껍질을 벗는다. 남색 밧줄이 그렁그렁 얽힌 등껍질이 가벼운 소리를 내며 뒤로 넘어간다.

─어쩔 거예요, 여관비 3만 원.

─네가 알아서 해야지 뭘 어째. 우선 수술비부터 내, 현금으로 15만 원.

─왜 15만 원이야, 여관비 까고 12만 원이지!

─병원에서도 수술비, 입원비 따로 받는 거 몰라? 15만 원 내.

─아줌마 진짜 웃긴다. 그럼 첨부터 여관비 별도라고 말을 했어야지. 몰라, 배 째. 나 딱 12만 원밖에 없어. 첨부터 아줌마가 뻥깐 거니까 내 책임 아냐.

불을 켜도 방은 여전히 어둡다.

오래 깜박이다가 켜진 형광등에 죽었는지 살았는지 모를 나방 한 마리가 붙어 있다. 방바닥에 날개 모양으로 흐릿한 얼룩이 진다. 여자아이는 나방 머리 쪽에 서 있다. 불빛 아래 드러난 얼굴이 그야말로 앳되다. 살이 오른 눈두덩과 발간 뺨이 여자아이를 심통 난 꼬마로 만든다. 가느다란 목 아래 이어진 몸은 굴곡조차 분명치 않다. 아무리 봐도 여자아이 나이가 열다섯을 넘기긴 힘들 것 같다.

— 어이구, 미친년.

— 왜 욕해? 씨발, 누군 욕을 못 해서 안 하는 줄 아나.

— 시끄러워, 이년아. 빨리 돈이나 내.

— 12만 원, 이게 다야. 이걸로 끝! 아줌마도 내가 경찰에 확 찔러 버리면 좋을 거 없잖아. 나 수술 안 해 주면 나가서 경찰에 신고할 거야.

— 알았으니까 옷이나 벗어.

— 뭐?

— 옷을 벗어야 수술을 하든 말든 할 거 아냐. 빤쓰까지 다 벗어.

옷을 벗는 아이의 몸은 예상대로 풋내가 고스란히 남아 있다. 엉덩이를 벌려 보면 몽고반점이 똥 딱지처럼 말라붙어 있을 것 같다. 순임이 끌끌 혀를 차며 가방을 푼다. 가방에서 나오는 건 대부분 수건이다. 작고 납작한 손가방과 각을 맞춰 반듯하게 접은 비닐도 있다. 순임은 비닐하우스 포장용 비닐을 방바닥에 넓게 펴고 여자아이를 부른다.

— 얼른 누워, 이년아.

*

순임은 본래 바느질 전문이었다.

누에가 뽑은 실과 쪽가위, 유난히 작고 끝이 동그랗게 구부러진 바늘, 망치로 두드려 끝을 다듬은 핀셋만 있으면 뭐든 할 수 있었다. 병원에서 허드렛일을 하며 빼돌린 소염 진통제와 마취 약도 제 역할을 톡톡히 해냈다. 순임은 그러니까, 살 깁는 바느질 전문이었다.

순임은 아기 때부터 할머니와 단둘이 살았다. 산파였던 할머니는 애 받는 일보다 떼는 일을 더 많이 했다. 할머니와 사는 집은 시내에서 20킬로미터도 넘게 떨어져 있었지만 발기척이 끊이질 않았다. 아이를 낳기에 너무 어리거나 너무 늙은 여자들이 대부분이었다. 그들은 깊은 밤 슬그머니 사립문을 열고 들어왔다가 동트기 직전, 달처럼 창백해진 얼굴로 돌아갔다.

할머니 방에는 손바닥만 한 단지 두 개가 있었다. 순임은 그것이 생과 사를 결정짓는 무언가라고 생각했다. 검은 콩을 던져 오른쪽 단지에 들어가면 생, 왼쪽에 들어가면 사. 부모의 뼛가루가 담긴 단지임을 알게 되기 전까지 순임은 줄곧 그렇게 믿었다. 할머니는 보름달처럼 부푼 배도 하룻밤 만에 반달로 만드는 대단한 산파였다. 그래서 순임은 열일곱 되던 해

불현듯 달거리가 끊겼을 때도 놀라지 않았다. 하룻밤 할머니 방에 들어갔다 나오면 그만일 터였다. 검은 콩을 던져 왼쪽 단지에 넣기만 하면.

순임의 기대와 달리 할머니는 순임을 여덟 달 동안 내버려 두었다.

가슴까지 바짝 올라붙었던 배가 아래로 내려앉기 시작하자 할머니는 순임의 팔다리를 천으로 묶고 아이를 낳게 했다. 할머니가 손수 탯줄을 자르고 받아 준 아이가 박기영이었다. 순임은 부어터진 잇몸 때문에 들뜬 이를 사리물고 할머니를 노려보았다.

내 아무리 그런 일로 입에 풀칠한다고는 해도. 할머니가 아기 엉덩이를 철썩철썩 내리치며 말했다.

—지 새끼 찢어 죽이는 건 짐승뿐이다.

—내가 그 애랑 어찌 살아? 이제 시집도 못 갈 거 아냐.

—먹고살 기술 하나쯤은 알려 주마. 짐승 되는 것보다야 그게 낫겠지.

그렇게 할머니가 알려 준 유일한 기술이 살 꿰매기였다. 아무 살이나 꿰매는 게 아니라 터진 처녀막만 꿰맸다. 시집갈 날이 얼마 안 남은 처녀들이 순임의 손님으로 찾아왔다. 순임은 할머니가 가르쳐 준 대로 여자들의 음부를 달래듯이 살살 열어 고정시켰다. 나달나달한 살 조각을 찾지 못하면 그냥 무턱대고 아래쪽을 꿰맸다. 여자들이 원하는 건 출혈이었다. 터지는 게 처녀막이든 생살이든 순임에게는 상관없었다.

할머니가 죽고 난 뒤 순임은 낙태에도 손을 대기 시작했다.

살 꿰매기는 큰돈이 되지 않았다. 박기영은 하루가 다르게 커 갔고 필요한 돈도 점차 단위 수가 달라졌다. 할머니가 죽은 줄 모르고 찾아온 여자들이 순임의 새로운 고객이 되었다. 어깨너머로 배운 얕은 지식과 감에 의지해 순임은 수술을 계속했다. 너무 늙거나 어린 여자들이 다시 밤길을 열며 순임을 찾아왔다.

순임은 여자들의 다리를 묶어 놓고 무작정 큐렛을 들었다. 다른 건 할 줄 몰랐다. 순임이 할 줄 아는 것은 오로지 자궁벽을 박박, 꼼꼼히 긁어내는 것뿐이었다.

웃자란 박기영이 하얗게 돋은 이를 빛내며 마당을 뛰어다녔다. 여자들은 사립문을 밀고 들어오다 박기영과 마주치면 커다란 지네라도 밟은 듯 몸서리쳤다. 해가 기울어질 즈음 순임은 수면제를 먹여 박기영부터 재웠다. 마른 가지 같던 박기영이 밤벌레처럼 토실토실해졌다. 마루나 댓돌 옆에 폭 고꾸라져 잠들 때도 많았다. 순임은 그런 생활이 마냥 평온하다고 생각했다. 뜨거운 한낮 수술 받은 여자 하나가 난입해 오기 전까지는.

—안 떨어졌잖아! 애가 아직 배 속에 있다잖아!

처음보다 훨씬 거대해진 배를 들이밀며 여자가 소리쳤다. 순임은 그 길로 박기영을 데리고 도망쳤다. 수술 받은 여자가 그렇게 쉽게 자신들을 찾아내서는 안 됐다. 순임은 월세방을 전전하다 급기야 여관을 잡았다. 이후 역 주변에 밀집해 있는, 좁고 오래된 여관방이 순임의 수술실이 되었다.

딱 한 번, 개월 수가 상당한 아기를 수술한 일이 있었다.

순임은 전화를 받고 나서 오래도록 고민했다. 7개월이나 된 아기를 수술해 보기는 처음이었다. 보통 3개월 안팎이었는데, 그나마도 제대로 수술이 된 건지 자신조차 알지 못했다. 아기 잔해를 깨끗이 긁어내고 초음파로 확인해 주는 일은 병원에서나 가능했다. 순임의 일은 돈을 받는 그 순간 끝이었다. 아기가 살아 있다거나 제대로 긁어내지 못한 팔다리 때문에 불임이 된다 해도 그건 그들의 운이었다. 순임을 찾아내 법정으로 끌고 가는 이는 없었다. 불법이라는 건 바꿔 말하면 일종의 면죄부와도 같았다.

순임이 부른 수술비는 웬만한 점방 두 달치 월세에 가까웠다.

상대는 망설이는 기색 없이 대번에 그러마고 했다. 순임이 슬쩍 돈을 올려 불러도 개의치 않았다. 더 커지기 전에 빨리. 수술 날짜를 재촉하는 상대에게 순임은 헛웃음을 지으며 말했다. 그 정도면 벌써 클 만큼 다 큰 거예요.

처녀는 드물게 자신의 동생과 함께 왔다.

깡마른 몸에 배만 불뚝 나온 처녀와 달리 처녀의 동생은 온몸이 터질 것처럼 부풀어 있었다. 처녀 배를 먼저 보지 않았다면 처녀의 동생이 임부라고 생각했을 정도였다.

여관 주인은 나잇대가 각기 다른 여자 셋을 의아한 눈으로 살폈다. 처녀의 불뚝한 배에 여관 주인 눈이 오래 머물렀다. 순임이 헛기침을 하며 돌아섰다. 열쇠를 받은 처녀의 동생이 처녀 팔을 꽉 움켜쥐고 여관방으로 올라갔다. 몇 번 버둥대던 처녀가 말없이 고개를 숙이고 동생을 따랐다.

순임은 수술 받을 처녀보다 처녀의 동생이 더 신경 쓰였다. 열일고여덟 정도 되어 보이는 처녀의 동생은 처녀보다 훨씬 더 침착하고 냉정했다. 뚱뚱한 사람은 눈꺼풀이 두껍고 얼굴 살이 흘러내려 미련해 보이기 십상인데 처녀의 동생은 전혀 그렇지 않았다. 싸느란 눈이나 카랑카랑한 목소리 때문인지도 몰랐다.

이불을 깔고 그 위에 비닐하우스용 비닐을 깔았다. 여느 때와 달리 시간이 제법 걸릴 게 분명했다. 처녀의 동생이 묵묵히 처녀 옷을 벗겼다. 처녀가 끊임없이 제 동생에게 손짓하며 입을 벙긋거리는 걸 보고 순임은 비로소 그녀가 벙어리임을 알았다. 처녀 입에 물리려고 준비한 재갈은 도로 가방 속에 넣었다.

비닐에 누울 때까지 처녀는 필사적으로 손을 놀렸다. 처녀가 일어나려고 할 때마다 처녀의 동생이 처녀의 튀어나온 배를 철썩철썩 때렸다. 그러고는 종내 육중한 몸으로 처녀의 어깨와 두 팔을 깔고 앉았다.

7개월이나 된 아기는 낳는 수밖에 없었다.

순임은 처녀의 팔에 촉진제를 놓고 기다렸다. 얼마 지나자 처녀가 진통으로 몸을 비틀기 시작했다. 통증을 견디느라 꽉 조여진 질구에 오른손을 밀어 넣을 때까지 순임은 아무런 생각이 없었다. 태반을 찢자 양수가 터져 나왔다. 바닥에 납작 엎드린 순임의 몸이 희미한 녹색으로 젖었다.

순임은 손을 더 안쪽 깊숙이 밀어 넣었다. 젖은 털 뭉치 같은 아기 머리카락이 언뜻 손목을 스쳤다. 처녀가 눈을 까뒤집는 것과 동시에 순임의 손이 아기 다리를 움켜쥐었다. 아기가 발버둥 치며 순임을 피해 도망가기 시작했다.

순임은 당황한 얼굴로 불룩불룩 움직이는 처녀 배를 바라보았다. 처녀의 동생이 다리를 쩍 벌리고 앉아 순임을 노려보고 있었다. 처녀의 어깨가 허옇게 살이 튼 동생 허벅지에 눌려 푸르르 떨렸다.

처녀의 동생이 처녀의 배를 치약 짜내듯 손으로 눌러 밀었다. 처녀의 입이 찢어질 것처럼 크게 벌어졌다. 실제로도 입가에 분홍색 피거품이 맺혔다. 순임은 있는 힘껏 아기 다리를 잡아당겼다. 할퀴고 있다, 고 순임은 생각했다. 그럴 리 없겠지만 아기가 자신의 팔을 날카로운 손톱으로 잡아 뜯는 것 같았다.

태어난 아기는 온몸이 시퍼렇게 멍들어 있었다.

억지로 끄집어낸 터라 처녀의 아랫도리가 피로 흥건했다. 순임은 아기를 비닐 저편으로 밀어 놓고 급하게 처녀의 터진 살갗을 꿰맸다. 꿈이라도 꾸는 것 같았다. 왈칵왈칵 쏟아지는 덩어리진 피와 비닐 위에서 꿈틀거리는 아기까지 모든 것에 현실감이 없었다. 시야는 온통 흑색이었다.

순임은 멍한 기분으로 처녀에게 지혈제를 쏟아부었다. 니들 홀더에 끼운 바늘이 처녀의 살 대신 자꾸 순임의 손가락을 찔렀다. 반쯤 꿰맸을 때 순임은 태반이 아직 배 속에 있음을 깨달았다. 꿰맨 부분을 다시 찢고 태반을 꺼내야 할 판이었다. 순임이 가죽 가방을 뒤져 쪽가위를 꺼내 드는 찰나,

아기가 울음을 터뜨렸다.

처녀의 동생이 뒤로 벌렁 넘어갔다. 아기 울음소리는 길게 이어지던 기묘한 침묵을 단번에 깨뜨리며 여관방 가득 울렸다. 동시에 비닐 막이라도 덮어쓴 것처럼 뿌옇던 순임의 눈이 툭 터지듯 열렸다. 빼끔히 벌어진 처녀의 음부가 빨려 들어갈 것처럼 가까웠다. 피와 양수, 대변이 뒤섞여 역한 냄새를 뿜어냈다.

—주…… 주…….

처녀의 동생이 새파랗게 질린 얼굴로 소리쳤다.

— 주…… 죽…… 죽여 버려요, 당장!

순임은 촉진제를 놓았던 주사기 대롱 가득 공기를 채웠다.

아기 가슴은 연약하고 말랑말랑했다. 주삿바늘이 뚫고 들어가는 데 걸리는 것은 아무것도 없었다. 순임은 아기 심장에 주삿바늘을 꽂고 다급히 피스톤을 눌렀다. 발작하듯 몸을 떨던 아기가 우뚝 멈췄다. 주먹을 꽉 쥔 채였다. 순임은 자신의 손자국이 새카맣게 남은 아기 다리를 바라보다 주저앉았다.

손 아래 놓인 아기 얼굴은 복숭아씨처럼 쭈글쭈글했다. 벌어진 입 위로 작지만 오뚝한 코가 눈에 띄었다. 입가와 목에 잡힌 굵은 주름도, 허우적대며 허공을 움켜쥐던 작은 손가락도 틀림없는 사람의 것이었다. 순간 순임의 귀에 찢어지는 것 같은 비명 소리가 울렸다.

이명(耳鳴)의 시작이었다.

*

이명은 한밤까지 이어진다.

오늘의 시작은 여자아이가 비닐 위에 누울 때 뀐 방귀 소리다. 비닐에 눌린 방귀는 와작, 혹은 와락 소리를 내며 터졌다. 와작와작, 와락와락. 그게 어쩌다 쇠못으로 유리판 긁는 소리로 바뀐 건지 순임은 이해할 수가 없다.

이명이 심할 때는 관자놀이에서 혈관을 쪽 뽑아내는 것처럼 통증이 인다. 곤두선 신경 때문에 손발이 덜덜 떨릴 정도다. 순임은 무릎 사이에 머리를 처박고 이명이 끝나기만을 기다린다. 말린 쥐똥나무 열매를 한 줌 씹어 먹기도 한다. 이명에 좋다던 쥐똥나무 열매는 턱과 귀에 모래알 쏟아지는 소리를 하나 더 보태 놓을 뿐이다.

근 20년간 계속된 증상이다. 초기에는 몸무게가 한 달 새 8킬로그램이나 줄어들 정도였다. 온몸이 가슬가슬해지고 입술이 주먹만 하게 부풀어 올랐다 꺼지길 반복했다. 병원에서는 아무 이상도 없으니 안정을 취하라고만 했다. 대체 무슨 수로 안정을 취하라는 거야! 순임은 귀를 잡아 뜯으며 몸부림쳤다.

지금은 그때에 비해 많이 좋아졌다. 적어도 송곳으로 귀를 쑤시려 드는 일은 없어졌으니. 운 좋게 사나흘씩 잠잠할 때면 휴가라도 받은 기분이다. 그러나 수술이 있는 날은 거의 틀림없이 이명이 찾아온다. 의사는 순임의 이명에 아무 이유도 없다고 했지만 순임은 안다. 그때 그 아기가 새카만 입술로 순임의 귓불을 물고 있는 것이다. 시퍼렇게 멍든 몸과 손자국 박힌 다리를 달랑거리며.

—그래, 그래. 알았으니까 그만 울어.

순임이 애원조로 아기를 달랜다.

—이제 정말 그만할 거야. 정말이야.

이명이 잦아들길 기다려 가만가만 가방을 끌어온다. 머리와 어깨가 움직이지 않도록 감으로만 가방 속을 뒤진다. 수술도구들은 수건으로 둘둘 감겨 있다. 검게 마르기 시작한 피와 뭔지 알 수 없는 찐득하고 불투명한 점액질이 그대로 남아 있을 터다.

큐렛에 닿은 손이 한층 더 조심스러워진다. 큐렛은 밑이 빠진 귀이개처럼 생겼다. 그래도 길이는 귀이개보다 훨씬 길다. 23센티미터에 달하는 큐렛을 순임은 오래도록 들여다본다. 옆에 놓인 봉합용 가위나 수술 질경, 라이트펜 같은 것들도 꼼꼼히 살핀다.

—이젠 정말…… 그만할 때도 됐는데.

순임은 몇 번씩 염색을 해도 흰머리가 악착같이 불거지는 자신의 머리를 매만진다. 환갑을 앞둔, 초라하게 늙은 손등도 내려다본다. 어깨너머 배운 기술로 30년이나 먹고살았으면 충분하다. 사실 기술이랄 것도 없다. 막무가내한 원숭이 흉내에 불과하다. 그래도 그 덕분에 박기영과 근근이 살아올 수 있었다.

박기영은 이제 충분히 제 앞가림할 나이가 됐다. 지난주

반듯한 회사에 취직도 했으니 더할 나위 없다. 단출하지만 정직한 숫자들이 찍혀 있을 박기영의 월급 통장은 상상하는 것만으로도 기분이 좋아진다. 찬거리를 사고 가스비를 낼 수 있을 정도의 돈이면 충분하다. 더 많은 것은 바라지 않는다.

거칠게 문소리가 울린다.

순임이 서둘러 거실로 나간다. 구두를 벗는 박기영의 새까만 정수리가 보인다. 머리칼 사이로 가마가 획 돌아앉아 있다. 호리호리하고 강퍅했던 제 아비와 닮은 건 저 가마뿐이다. 말을 건네려는데 몸을 일으킨 박기영 셔츠와 얼굴이 피투성이다. 이게, 이게 무슨 꼴이니? 순임이 질겁해 달려든다.

— 얼굴이 왜 이래, 회사에서 무슨 일 있었어?

— 부장 새끼가 계속 깐죽대기에 한 대 후려쳐 줬어.

— 후려쳐? 사람을?

— 그 새끼가 얼마나 사람 열 받게 하는데. 개새끼, 지가 뭐나 되는 줄 알고 말이야. 한 방에 나가떨어져서 오줌이나 질질 싸는 새끼가.

— 아니, 아무리 그래도 사람을, 게다가 부장이면 상사잖아.

— 애새끼 문제집에 실릴 사과 그림이 여섯 갠지 일곱 갠지나 세고 있는 주제에 상사는 빌어먹을. 그딴 회사 나가라고 말 안 해도 내가 먼저 때려치운다 이거야, 씨팔.

순임은 박기영의 욕설이 영 싫다. 죽어라 귀만 파고드는 이

명과 달리 그것은 순식간에 몸 전체를 뒤흔든다. 젖은 손으로
피복 벗겨진 전선을 만질 때와 비슷하다. 불쾌하고 고통스럽
고, 무섭다.

딱딱하게 굳은 순임을 무시한 채 박기영이 방으로 들어간
다. 구겨진 와이셔츠 등판에 흙 발자국이 선명하다.

롤, 롤, 롤리팝

박기영은 날이 저물도록 침대에 누워 있다.

희미하게 세제 냄새가 남아 있는 베갯잇과 시트가 희다. 그 멍청한 새끼들은 오늘도 터질 것 같은 낯짝으로 출근해서 일하고 있겠지. 비웃음이 박기영 얼굴 가득 서린다. 그러나 시커멓게 멍든 다리가 시트 위에 도드라지자 금세 표정이 굳는다. 부장 놈 엉덩이라도 걷어차 주고 오는 건데. 박기영이 부드득 이를 간다. 순임에게는 부장을 후려쳐 주었노라 큰소리쳤지만 실제는 그와 다르다. 실컷 얻어맞은 건 박기영 쪽이다.

— 자네의 썩어 빠진 근성은 어디서 나오는 건가.

지난밤, 부장은 테이블에 맥주 조끼를 쾅 내려놓으며 소리쳤다. 직원들 눈이 일순 박기영에게 쏠렸다. 하나같이 비난과 질책의 말이 담긴 눈이었다.

— 제가 어디가 어때서요.

박기영이 대각선으로 앉은 어린 여직원에게 땅콩을 던지다
말고 히죽 웃었다.

회식은 벌써 두 시간가량 진행되었지만 박기영이 도착한
건 10분 전이었다. 회식 장소 예약을 핑계 삼아 일찍 퇴근한
뒤 바로 PC방으로 갔던 것이다. 잠깐 시간이나 때울까 싶었
는데 게임을 끝내고 나니 그 시간이었다. 늦게라도 온 게 어디
야. 박기영이 툴툴대며 땅콩을 집었다. 그와 동시에 여직원이
자리에서 일어났다. 치마 위에 쌓여 있던 땅콩들이 와르르 쏟
아져 박기영 혼자 숨이 차게 웃었다. 여직원은 새빨개진 얼굴
로 옷을 털고는 화장실로 사라졌다.

그간 박기영은 부장에게 안 들어 본 말이 없었다. 일은 둘
째치고 걸음걸이가 단정치 못하다느니 여직원 바라보는 시선
이 너무 노골적이라느니 하는 잔소리까지 들어야 했다. 살다
보면 지각도 좀 할 수 있고, 거래처에 실수도 할 수 있고, 여
직원 엉덩이를 눈여겨볼 수도 있는 거지. 박기영은 내내 부장
에게 불만이었다. 물론 거래처 돌 시간에 PC방에 갔던 건 잔
소리 들을 만하다고 생각한다. 하지만 그걸 회식 자리에서까
지 떠들어 댈 건 또 뭔가.

— 더럽게 지랄하네. 기껏해야 조무래기들 문제집이나 만드

는 주제에.

박기영의 중얼거림에 나란히 앉은 남직원 하나가 일어났다. 뭐라고 드잡이를 할 작정이었던 남직원은 눈을 커다랗게 뜨고 굳어 버렸다. 박기영이 맥주 조끼로 남직원 머리를 그대로 후려쳤던 것이다.

그 후로는 온통 아수라장이었다.

조각난 기억은 그나마도 흐릿했다. 남직원에게 똑같이 맥주 조끼로 머리를 얻어맞은 것도 같고 누군가가 주먹으로 배를 내지른 것도 같았다. 확실한 것은 회식 자리에 있던 모든 사람이 오로지 박기영 한 사람에게만 달려들었다는 점이었다. 가게 주인이 경찰에 신고하겠다고 윽박지를 때 바닥에 쓰러져 있던 것도 박기영 하나였다. 아쉬운 대로 부장을 향해 땅콩 접시를 내던지긴 했는데 그것이 부장에게 닿았는지는 미지수다.

박기영이 검붉게 멍든 턱을 문지른다.

온몸이 욱신거리는 데다 눈이 흐리고 침침한 게 기분이 영 별로다. 이런 날은 적당히 땀 흘리며 한 판 뛰는 게 좋은데. 박기영이 손가락을 꾸물거린다. 나와. 휴대폰 문자판에 찍은 글자들은 간단하다. 바로 답문이 날아온다. 쓸데없는 말이 좀 붙긴 했지만 요지는 30분 내로 나오겠다는 소리다. 기분이 좀 나아진다.

문밖이 조용한 걸 보니 순임은 뭔가 일을 하러 나간 모양이다.

아무리 무관심한 박기영이라도 순임이 하는 일이 어딘가 떳떳치 못한 일이라는 것 정도는 안다. 용도를 알 수 없는 수상쩍은 도구들이 그렇고 가끔 걸려 오는 전화도 그렇다. 순임은 최소한의 사람과만 연락하고 지냈는데 병원에서 일하는 사람들이 대부분이다. 병원 직원들이 빼돌린 약을 순임이 사들이는 거라고 박기영은 짐작한다. 하지만 짐작일 뿐 사실을 확인하고 싶은 마음은 별로 없다. 뭘 하든 그건 순임의 일이고 그 일로 자신이 풍족하게 살아갈 수 있다면 그것으로 충분하다.

30분이라고 얘기했지만 해정은 50분쯤 지난 뒤 헐레벌떡 뛰어올 것이다. 충성스럽게 달려오는 모습이 싫은 건 아니지만 큰 소리로 부른다거나 팔짱을 끼는 일만은 달갑지 않다. 약속 장소를 아예 모텔 방으로 정할까. 박기영이 입속말로 투덜거리며, 까불던 다리를 펴고 일어선다.

— 얼굴이 왜 그래요?

해정은 다짜고짜 박기영 얼굴부터 잡는다. 뛰어온 탓에 손바닥 가득 끈끈한 땀이 차 있다. 박기영이 반사적으로 해정의 손을 뿌리친다. 허공에 어정쩡하게 멈춘 마른 손을, 지나가던 사람들이 흘끔거린다.

미니 원피스를 입은 해정은 추워 보인다. 챔피언벨트처럼 두꺼운 가죽 벨트를 가슴 아래까지 올려 채운 것도 어쩐지 우습다. 부자연스럽게 부푼 옷 때문에 해정의 가슴은 든 것 없이 비어 보인다. 바람이 불면 폭 꺼질 것 같다. 원피스 아래 드러난 다리도 너무 얇다. 무릎뼈가 툭툭 불거진 것이 왠지 빈곤해 보인다.

애초에 해정은 화사한 미인 타입이 아니다. 보디라인이 밋밋하고 헐거워 보이는 이음새마다 뼈가 도드라진다. 가슴도 엉덩이도 손안에 꽉 차게 풍성한 곳이 한 군데도 없다. 그나마 해정이 마음에 드는 건 항상 민얼굴이라는 점이다. 박기영은 화장한 얼굴이 질색이다. 뺨을 핥을라치면 입안에 퍼지는 역하고 느글느글한 화장품 냄새도 싫다. 찐득한 입술이 몸에 닿으면 당장 발로 걷어차고 싶어진다. 그런 면에서 해정의 민얼굴은 아슬아슬한 합격 점이다.

해정의 외모 중 가장 마음에 안 드는 부분은 키다. 하이힐에 올라선 해정은 박기영의 키를 훌쩍 넘어선다. 최근 들어 해정은 박기영과 상당히 어긋나고 있다. 옷이나 구두는 해정과 너무 안 어울려 창피할 정도다. 아무리 고급스럽고 화사한 옷이라도 해정이 입으면 어른 흉내를 내는 아이로밖에 안 보인다.

박기영은 해정을 떼어 놓고 빠른 걸음으로 앞장선다. 다시
금 기분이 나빠지려 한다. 얼굴, 왜 그래요? 해정이 숨찬 목소
리로 뒤에서 묻는다. 박기영은 가장 가까운 모텔로 들어간다.
처음부터 그럴 작정이었기 때문에 약속 장소도 모텔 골목 앞
으로 정했다. 계산하는 동안 몸을 돌린 해정이 슬그머니 박기
영을 지나쳐 엘리베이터 앞에 선다.

엘리베이터 안에서 숨을 몰아쉬는 해정과 달리 박기영의
시선은 영 불안하다. 옆면에 붙은 커다란 거울 때문이다. 거
울은 해정과 박기영의 모습을 지나치리만큼 정직하게 비춘다.
말간 해정의 얼굴과 녹슨 깡통처럼 검게 찌그러진 박기영 얼
굴이 직사각형 안에 나란히 담긴다.

10대인 해정과 모텔에 있다는 우월감이나 설렘 따윈 없다.
가슴에 가득한 건 알 수 없는 패배감이다. 해정은 박기영 나
이인 30대 초반이 된다 해도 지금과 똑같은 얼굴일 것이다.
가슴골이 훤히 내보이는 탱크톱이나 타이트한 가죽 바지 같
은 건 평생 안 어울리겠지. 이런 후진 모텔과는 전혀 인연이
없다는 식의 청초한 표정을 하고, 단아하고 순결한 뺨과 코를
간직한 채 박기영에게 물을 것이다. 얼굴, 왜 그래요?

느릿느릿 열리는 엘리베이터 문을 박기영이 사납게 걸어
찬다.

해정의 몸매가 조금만 더 촌스럽다면, 해정의 얼굴이 조금

만 더 경박하다면 좋을 텐데. 박기영은 해정처럼 깡마른 몸에 생머리를 늘어뜨린 여자보다 튀어나온 살로 옆구리가 엉망진 창인, 단백질이 노랗게 닳아 버린 싸구려 가발을 뒤집어쓴 여 자가 훨씬 더 좋다.

해정의 하이힐이 또박또박 모텔 복도를 걷는다. 박기영의 발소리는 융단 속에 파묻혀 들리지 않는다.

*

해정의 손이 박기영 얼굴을 쓰다듬는다. 건조하고 딱딱한 손이다. 거리에서와 달리 박기영은 해정을 뿌리치지 않는다. 눈과 코, 입술을 꼼꼼히 더듬은 손이 멍든 아래턱에 닿자 박 기영은 순간적으로 몸을 물린다. 이미 구겨질 대로 구겨진 침 대 시트가 짧은 궤적을 그린다. 사납고 격렬하던 좀 전의 행 위는 이미 그 안에 없다. 남은 것은 더러워진 시트와 몇 올의 체모뿐이다. 박기영이 번질번질해진 이마와 구레나룻을 시트 에 대고 문지른다.

—나 아저씨 집에 가 보고 싶어요.

—뭐하러?

—그냥, 아저씨 방도 구경하고 같이 밥도 먹고 영화도 빌려

다 보고 그러면 좋잖아요.

　―내가 왜 너랑?

　―그건…….

　난처한 듯 말끝을 흐리는 해정과 박기영의 눈이 딱 마주친다. 박기영은 저도 모르게 해정을 밀치고 돌아눕는다. 해정의 새까만 동공이 각막에 콱 박힌 느낌이다. 아주 가끔이지만 해정과 눈이 마주칠 때면 곤혹스럽고 불쾌한 기분이 든다. 뭔가를 강요당하는 것처럼 초조한 기분. 굳이 따지자면 그것은 호출을 받고 부장 앞에 섰을 때의 기분과 흡사했다. 당장이라도 상대방 뺨을 올려붙인 뒤 목을 조르고 싶어지는 것이다.

　박기영이 침대에서 몸을 일으킨다.

　침대에 눌린 부위가 축축하게 젖어 있다. 금세 땀이 나고 피곤해지는 건 최근 살이 좀 쪘기 때문이다. 목이 자주 마르고 짜증이 늘어난 것도 같은 이유다. 생수병을 꺼내는 박기영의 등에 시선이 바짝 따라붙는다. 돌아보면 틀림없이 눈이 마주칠 것이다. 박기영은 해정을 돌아보지 않으려 애쓴다.

　―전부터 궁금했는데 말이야.

　말을 붙이면서도 박기영의 등은 여전히 돌아누운 채다.

　해정은 대답 없이 박기영의 널따란 등과 깊숙하게 접힌 옆구리를 응시한다. 흘러내리는 땀방울을 따라 해정이 눈알 굴리는 소리까지 들리는 것 같아 박기영은 오싹해진다. 흠흠. 박기영은 헛기침과 함께 탁 내뱉듯 말을 던진다.

— 너 그날, 아무하고나 잘 생각이었지?

순간 해정과 눈이 마주쳐 박기영이 허둥댄다. 어째서? 살펴보니 화장대 거울에 해정이 비친다. 유리창에도, 천장에도 온통 해정이 비치고 있다. 노랗게 가라앉은 할로겐 조명 때문에 거울 속 해정은 더 선명하고 끔찍하다. 해정이 희미하게 웃으며 일어선다. 바닥에 떨어진 옷을 주워 차곡차곡 개기 시작한다. 침대 시트처럼 이미 구겨질 대로 구겨진 옷들이다.

박기영 시선이 해정의 가슴과 마른 배에 닿는다. 갈비뼈가다 보일 정도로 빈약한 가슴이다. 새까만 젖꼭지가 건포도처럼 가죽 한가운데 붙어 있다. 뜬금없이. 박기영은 그렇게 느낀다. 섹시하거나 세련된 구석이라곤 조금도 없는 몸이다. 심지어 양지에 잘못 말린 진흙 인형처럼 쩍쩍 갈라져 있다. 살결이 그렇다는 게 아니라 마주 안았을 때 느낌이 그렇다는 거다. 박기영이 화장대 바구니에서 수건을 꺼내 자신의 젖은 등을 문지른다.

해정의 몸은 땀조차 나지 않는다.

— 나 그런 애 아니에요.

— 나랑은 잤잖아? 만나자마자.

— 그건 아저씨가, 양복 차림이 아니었으니까…… 채팅 룸에서 만난 사람들한테 다 물어봤어요. 지금 뭘 입고 있느냐

고. 전부 다 양복이라고 대답했어요. 회색 양복에 파란 넥타이, 감색 양복에 스트라이프 넥타이…… 청바지라고 대답한 사람은 아저씨뿐이었어요.

—나하고 만난 건 청바지 때문이었네.

—처음엔 그랬지만 지금은 아저씨랑 만나서 다행이라고 생각해요.

—됐어. 나도 별 의미 없는 게 좋아. 청바지였단 말이지. 너랑 그만 만나고 싶을 땐 양복 입고 나오면 되는 거냐?

—…… 아저씨, 나랑 헤어지고 싶어요?

—뭐, 평생 만날 것도 아니잖아.

해정이 욕실로 쑥 들어가 버린다.

박기영은 수건을 손에 쥔 채 흐트러진 시트 위에 앉는다. 해정과 만나 섹스하는 것까진 좋은데 끝난 뒤 어떻게 해야 할지 매번 난감하다. 침대에 누워 다정스레 밀담을 나눌 사이도 아니고 그렇다고 벌떡 일어나 옷을 챙겨 입는 것도 이상하다. 무엇보다 발끝까지 느껴지는 탈력(脫力)과 무력감을 이겨 낼 수가 없다. 욕실에서 들리는 물소리에 괜히 겸연쩍어진 박기영이 침대 위에 벌렁 드러눕는다.

—내가 왜 양복을 싫어하는지 알아요?

어느새 옷을 챙겨 입은 해정이 침대 머리맡에 앉아 있다. 물기 하나 없이 말끔한 얼굴이다. 일직선으로 내리뻗은 머리카락도 구겨진 자국 하나 없다. 깜빡 잠이 들었던 모양인지 땀 식은 몸에 한기가 돌아 박기영은 몸을 움츠린다.

―나는요, 양복 말고 다른 거 입은 아빠 본 적이 없어요. 아, 딱 한 번 있긴 한데 그건 싫은 기억이니까 패스. 내 기억 속엔 양복 입은 아빠뿐이에요. 아저씨 만난 날도, 양복 입은 사람은 전부 아빠로 보일 거 같아서 싫었어요.

―뭐가 그렇게 싫은데?

―아저씬 찜질방 좋아해요? 우리 아빠 항상 찜질방에 가요.

―찜질방? 그게 어때서.

―찜질방에 가서는 자꾸 지구대 사람들한테 잡혀 오거든요. 성추행 상습범으로.

박기영은 뭔가 귀찮은 화제에 접어들었다고 생각한다.

복잡한 이야기는 질색이다. 위로나 격려가 필요한 일도 낯간지럽고 짜증 난다. 해정과의 관계는 어디까지나 깔끔한 상태로 유지되어야 한다. 그러자면 서로에 대해 최소한의 정보만 공유하는 게 중요하다. 너저분한 생활사나 고민 따위는 처음부터 안 듣는 게 좋다. 더군다나 묘하게 차분해진 해정의 얼굴이 신경을 긁는다.

―됐어. 난 그런 궁상맞은 얘기 싫어해.

말을 자른 박기영이 도망치듯 욕실로 들어간다.

샤워 부스에 물기가 약간 남아 있을 뿐 욕실은 깨끗이 정리되어 있다. 가지런히 걸린 수건을 박기영은 부러 흐트러뜨린다. 미지근한 물로 샤워한 뒤 수건을 욕조 속에 던져 넣고 새 수건으로 발을 닦는다. 양치 컵에 꽂힌 두 개의 칫솔도 휴지통에 쑤셔 박는다.

—아저씨, 나가기 전에 한 번만 안아 주면 안 돼요?

운동화를 구겨 신는 박기영을, 뒤에서 해정이 붙잡는다. 아까까지의 차분한 기색은 온데간데없다. 장난스럽고 가벼운 웃음이 얼굴에 가득하다. 입술을 끌어 올리느라 드러난 이 사이로 박기영이 좋아하는 천박함이 조금 묻어난다. 박기영은 무뚝뚝하게 팔을 뻗어 해정을 끌어안는다. 맨발의 해정은 박기영이 품에 안을 수 있도록 키가 줄어들어 있다. 해정이 박기영 어깨에 코를 문지른다.

—나는, 아저씨가 참 좋더라.

길거리 여자처럼 해정이 앙앙거린다. 박기영의 등을 손바닥으로 찰싹거리며 웃기도 한다. 먼저 나가요, 둘이 나란히 나가는 것도 좀 웃기잖아. 해정의 말에 박기영은 망설임 없이 등을 돌린다.

—그럼 또…… 전화해요.

목소리 끝이 갈라진다. 떨고 있는 것 같기도 하다. 그러고 보니 어깨에 닿은 코가 차면서도 뜨거웠다. 알게 뭐람. 묵은 먼지와 발자국으로 가라앉은 융단을 박기영은 툭툭 걸어차며 걷는다. 신경 쓰기 시작하면 끝이 없다. 적당히 무시하고 적당히 모르는 척 넘어가는 것이 훨씬 편하고 좋다. 그것은 순임을 대할 때나 해정을 대할 때나 마찬가지다.

칠드런 크로싱

조건부 임시 동거인. 해정은 자신의 가족을 그렇게 정의한다. 이전 조건이 어땠는지 몰라도 최근 조건은 기간제, 앞으로 약 2년이다. 때에 따라 3년, 4년이 될 수도 있지만 그것은 순전히 해정에게 달렸다.

— 큰애가 대학만 가면 끝이야.

엄마는 틈만 나면 그렇게 말했다. 대개 통화 중이었고, 그 상대는 가파르게 숨을 내쉬는 젊은 화가일 때가 많았다. 화랑에서 남자의 붓에 기금을 투자한다면 엄마는 남자의 몸에 이것저것을 투자했다. 조심성 없는 통화 덕분에 해정은 그가 한 달 전 엄마와 함께 성형외과에 가 식스 팩 수술을 받았다는 사실도 알고 있었다.

─당신 일만 빼면 내가 훨씬 유리해. 애들? 애들 걱정하는 사람이 처신을 그따위로 해? 자꾸 큰애 대학이 이러니저러니 하는데 다 웃기는 소리야. 회사며 동네에 소문이 파다한 마당에 이혼까지 당하면 꼴이 말이 아니니까 수 쓰는 거라고.

발끝에 걸린 실내용 슬리퍼가 박자라도 맞추듯 간들거렸다. 소송이니 주식이니 하는 통화가 끝나면 엄마는 거울에 바싹 붙어 화장을 고쳤다. 진한 색과 향기로 도배한 얼굴, 꼿꼿하게 세운 등. 해정에게 있어 엄마의 기억은 그 정도였다. 굳이 덧붙이자면 항상 전원이 꺼져 있는 휴대폰과 여행 가방 정도일까.

이혼한 부모라는 건 이제 별 얘깃거리도 안 된다. 새 학기마다 제출하는 가정환경 조사서에는 부모 관계란에 이혼과 재혼 항목이 따로 있을 정도다. 지금 당장 부모가 이혼한다 해도 해정의 수험 준비에는 아무 지장이 없다. 오히려 그 편이 부담 없이 공부에 집중할 수 있을 것 같다.

어찌 됐든 해정은 단번에 대학에 붙을 작정이다. 그래야만 한다. 여느 아이들처럼 꽃다운 20대를 만끽하고 싶어서가 아니다. 대입에 실패해 이 우스꽝스러운 관계가 1년 더 연장되는 것이 싫기 때문이다. 해정은 엄마와 아빠가 하루라도 빨리 헤어질 수 있도록 공부를 계속한다. 하고 또 한다.

엄마는 늘 여행 중이다. 남들 듣기 좋은 말로 여행이지 사실 파업에 가깝다. 흡족할 만한 퇴직금이 나올 때까지 무기한 파업. 버려진 직장에 관리인 격으로 해정과 해수가 남은 셈이다. 아빠라고 사정은 다르지 않다. 돈을 벌어다 주니 파업은 아니지만 그 외의 모든 것이 백지다. 파업과 유기. 어느 쪽이든 해정에겐 다 똑같다.

어젠 어디서 잤어? 찜질방. 옷을 갈아입으러 이른 새벽 집에 들른 아빠가 태연히 대꾸한다. 그제도? 그래. 해정은 교복 타이를 매다 말고 다음 말을 기다린다. "네 엄마와는 헤어지기로 했다."라든지 "누구와 살지는 너희들이 정해라."라든지. 그러나 기대한 말은 아무리 기다려도 들리지 않는다. 어떤 종류의 선언이나 통보 없이 하루가 끈덕지게 되풀이된다. 무감각한, 게다가 텅 빈 나날들.

— 너희들에게 할 말이 있다.

해정은 상기된 얼굴로 아빠 앞에 앉는다. 자꾸 도망치려는 해수도 끌어다 놓는다. 아빠는 와이셔츠 깃을 구기고 손가락을 반복해 잡아당기며 곤혹스러움을 연기한다. 마음의 준비를 모두 끝낸 해정에게 아빠는 전혀 다른 말을 한다. 부산 공장에 좀 내려가 있게 됐다. 아빠의 연기는 형편없다. 홀가분한 얼굴을 빨간 손바닥 안에 숨기는 것으로 조악한 연기가 마무리된다. 해수는 벌써 사라지고 없다.

할아버지가 아빠를 부산으로 보내는 이유야 뻔하다. 돈과

권력이 소문까지 막을 수는 없는 것이다. 그나마 철저한 가족 경영 원칙으로 사장 명패를 계속 쓸 수 있다는 게 위로라면 위로다. 아빠는 말을 마치자마자 짐을 정리하더니 발령 일자가 되기도 전에 부산으로 훌쩍 떠나 버린다.

언제 헤어져도 이상할 것이 없는 부부. 아니, 헤어지지 않고 지내는 것이 오히려 이상한 부부. 호적이라는 임시 고용계약서에 묶여 있을 뿐 실제로는 헤어질 필요조차 없는 부부.

해정은 엄마의 화장대 의자에서 일어선다. 방 안을 떠돌던 화장품 냄새는 이제 완전히 사라지고 없다. 이 집에는 더 이상 엄마의 꼿꼿한 등도 아빠의 고급 양복도 남아 있지 않다. 익숙하지만 결코 친근해지지 않는 적막. 해정은 서둘러 거실로 나간다.

거실에서는 언제나처럼 해수가 만화영화를 보고 있다. 해수가 반년째 등교 거부를 하고 있다는 건 아주 사소한 문제다. 중요한 건 해수가 여기 존재한다는 사실이다. 이 집에 체온을 가진 이는 해정과 해수, 둘뿐이므로.

해수 키는 아직 해정의 가슴에도 못 미친다. 유난히 성장 속도가 느린 탓이다. 해수 또래 중에는 벌써 중·고등학생만큼 체격이 좋아진 아이들도 수두룩하다. 귀엽게만 보이던 해수의 마른 몸피가 새삼 안쓰럽다. 통통하고 뽀얗던 뺨도 어쩐지 까칠해 보인다. 세수하고 로션 꼭 발라. 해정은 해수와 옆구리를 붙이고 앉아 타이른다. 화답해 오는 체온과 숨소리가 반갑다. 그럼에도 어딘가 아직 비어 있다고, 고글을 쓴 사내아이가 화면 속에서 날뛰는 내내 해정은 생각한다.

*

해정은 간간이 시계를 확인하며 몸을 씻는다.

샤워는 생각보다 오래 걸린다. 귀 뒤, 발가락 사이까지 깨끗이 씻은 뒤 여성 전용 세정제로 다리 사이를 닦는다. 물기를 닦으려는데 발목 주변 거뭇하게 새로 돋은 털들이 눈에 걸린다. 해정은 면도기를 사용해 겨드랑과 다리털을 깨끗이 민다. 아빠가 쓰던 면도기다.

칫솔이나 비듬약 같은 아빠 물건은 전부 치웠지만 면도기만은 그대로다. 해정이 직접 날을 사다 갈아 끼우기도 한다. 면도 크림을 버린 탓에 면도기의 움직임은 유려하지도 간결하지도 않다. 억지로 털이 밀린 양쪽 겨드랑이 금세 벌게진다.

옷을 갈아입는 해정의 손이 바쁘다. 새로 산 시폰 블라우스는 보드라운 촉감이나 가슴에서 허리까지 흘러내리는 라인이 특히 마음에 든다. 진주 단추가 촘촘히 달려 있어 귀여운 느낌이 들기도 한다. 해정은 목에 달린 리본을 묶다가 문득 손을 멈춘다. 리본에 단추에 번거로운 것들이 너무 많은 듯해서다. 귀찮아 죽겠다는 표정의 박기영이 눈앞에 생생하다. 박기영이 벗기기 어려운 옷을 싫어한다는 건 잘 안다. 하지만 예쁜 옷들은 대개 입고 벗기 힘들고 다루기도 까다롭다.

시계를 확인한 해정이 리본을 고쳐 묶는다. 한 번쯤은 괜찮겠지. 8시 약속인데 시계가 벌써 7시 40분을 가리킨다. 집을 나와 엘리베이터를 기다리는 해정의 발이 초조하게 바닥을 친다.

도착한 엘리베이터에서 내린 사람은 다름 아닌 아빠다.

해정의 얼굴이 순식간에 굳는다. 얄팍한 가죽 가방을 든 아빠는 구김이 거의 없는 양복 차림이다. 끝까지 올려 맨 넥타이와 기름기 하나 없는 말끔한 얼굴이 지금 출근하는 길이라 해도 믿을 정도다. 망설이는 사이 엘리베이터 문이 닫힌다. 청량한 토요일 저녁이 검은 문 안으로 빨려 들어가 사라져 버리는 것 같아 해정은 속이 탄다.

— 웬일이야?

— 웬일은…… 아빠가 집에 오는 데 꼭 일이 있어야 하니?

— 그건 아니지만 지난달이랑 이번 달, 한 번도 안 왔잖아. 연락도 없이 갑자기 왔으니 묻는 거지.

— 공장 일이 바빴어. 필리핀 애들이 요란 떠는 것도 골 아픈데 이번엔 또 부산에서 야단들이라. 도대체가 파업을 로데

오쯤으로 여긴단 말이지, 막무가내로 버티다 나가떨어지는 건 자기들인 줄 모르고…….

─나한테 변명하지 마, 그냥 물어본 거니까. 집에 해수 있어. 엄마는 호주 가서 집에 없고. 이번 달 말에나 온다던데 얘기 들었지?

─못 들었는데…… 뭐, 상관없지.

해정은 아빠 뒤로 몸을 돌려 엘리베이터 버튼을 누른다. 그사이 19층까지 치솟았던 엘리베이터 숫자가 다시 작아지기 시작한다. 이 시간에 어딜 가려고? 아빠가 가죽 가방을 반대편 손으로 옮겨 쥐며 묻는다.

─친구 만나기로 했어.

─이 시간에?

─이 시간이 뭐?

─…… 아니다. 그보다 너 옷이…….

말의 반 이상이 입속에서 뭉개진다. 아빠는 몸의 곡선이 노골적으로 드러나는 해정의 블라우스와 짧은 치마를 보고 머뭇거린다. 엘리베이터 숫자가 가까워 온다. 내 옷이 뭐? 해정이 따지듯 묻자 우물우물 목소리가 흘러나온다.

─너 옷이…… 너무 야하지 않니.

땡, 소리와 함께 엘리베이터가 도착한다. 해정은 보란 듯이 힘차게 몸을 놀려 엘리베이터에 탄다. 핑그르르 몸을 돌리자

매끈하고 단정한 허벅지가 드러난다.

　—걱정 마. 난 찜질방 같은 덴 안 갈 거니까.

박기영은 인도 침범 방지 턱에 걸터앉아 있다.

눈에 익은 청바지 차림이다. 허벅지에서 무릎까지 자연스럽게 물 빠진 청바지와 오트밀색 남방이 박기영과 잘 어울린다. 길 가다 열 명은 거뜬히 마주칠 법한 차림새지만 해정은 그 모습이 마음에 든다. 박기영은 차림새뿐 아니라 생김새도 평범해 사람들 사이에 섞이면 좀처럼 찾아내기 힘들 정도다. 해정은 그 얼굴을, 자신만이 단번에 골라낼 수 있다는 사실에 뿌듯함을 느낀다.

신호등 파란불이 위태롭게 깜박인다. 해정은 망설임 없이 도로로 뛰어든다. 박기영을 발견하면 파블로프의 개처럼 몸이 먼저 반응하고 만다. 파블로프는 충성을 다해 침 흘리는 자신의 개를 충분히 귀여워해 줬을까. 해정은 박기영이 자신을 아껴 줬으면 좋겠다. 이렇게 필사적으로 달리는 모습을 보고 기특해해 줬으면 좋겠다.

해정이 달리는 동안 짧은 치마가 허벅지를 온통 드러내며 펄럭인다. 주위 사람들이 다 쳐다보는데도 박기영은 휴대폰만 들여다볼 뿐 고개도 들지 않는다. 아저씨! 해정이 큰 소리를 치고 난 뒤에야 박기영은 겨우 몸을 일으킨다.

— 오래 기다렸어요? 나 빨리 오려고 했는데 차가 막히는 바람에…….

— 됐어.

박기영은 시선조차 제대로 주지 않는다. 서운해할 새도 없이 해정은 박기영을 뒤쫓기 바쁘다. 성큼성큼 걷는 박기영과 달리 해정은 자꾸 비칠거린다. 새로 산 구두 굽은 무려 12센티미터에 달한다. 너무 높은가 싶다가도 다리가 훨씬 길고 섹시해 보인다는 소리에 사지 않을 수 없었다. 이전에도 하이힐을 자주 신었지만 이건 유독 중심이 안 잡힌다. 방금의 전력 질주 때문에 어딘가 비틀어진 건지도 모르겠다.

박기영 걸음은 폭이 넓고 급하다. 주위에 한눈을 파는 법도 없다. 해정의 걸음이 딱히 느린 것도 아닌데 아무리 뒤쫓아도 거리가 계속 벌어질 뿐이다. 음식점과 술집이 즐비한 사거리에서 사람들 틈에 파묻힌 박기영은 이제 머리끝조차 보일락 말락 한다.

— 아저씨!

박기영 머리꼭지가 모퉁이 너머로 쏙 사라진다.

— 아, 아저씨!

해정이 큰 소리로 박기영을 부른다. 보도블록에서 내려서려는데 왼발이 불현듯 밑으로 푹 꺼진다. 하수구의 촘촘한 구멍에 구두 굽이 빠져 버린 것이다. 시멘트 바닥에 무릎이 갈리기 직전 해정은 가까스로 추락을 멈춘다. 그러나 굽이 부러지면서 묘한 방향으로 비틀린 발목까지 그대로 멈춰 버린다. 아저씨! 해정이 부를 사람은 오직 박기영뿐이다. 모퉁이 너머 얼마만큼 간 건지 박기영의 물 빠진 청바지는 어디에도 보이지 않는다.

부러진 굽과 비틀린 발목을 해정은 건성으로 살핀다. 덜렁거리며 붙어 있는 굽을 반대 방향으로 박차 아예 부러뜨린다. 박기영은 어디로 가 버린 걸까. 해정이 사거리를 가로지른다. 발목 통증과 짝짝이 굽 때문에 엉덩이가 저절로 뒤로 빠진다. 뒤뚱거리는 해정을 보고 영문 모르는 사람들이 웃음을 터뜨린다. 해정은 사거리 모퉁이를 도느라 조금 더 뒤뚱거린다.

모퉁이를 돌자마자 팔짱을 낀 채 못마땅한 얼굴로 서 있는 박기영이 보인다.

— 길바닥에서 아저씨, 아저씨 부르지 마. 사람들이 쳐다보잖아.

— 미안해요.

— 뭐하는 거야? 그런 꼴로 창피하게.

— 오다가 넘어지는 바람에, 저기, 발이…….

— 아, 됐어. 빨리 들어가기나 해.

박기영이 해정의 어깨를 거칠게 민다. 모텔 현관 앞 낮은 계단을 해정이 뒤뚱뒤뚱 오른다. 유리문 저쪽으로 계단 끝까지 붉은 융단이 길게 이어져 있다. 검은 발자국이 군데군데 찍혀 있는 것만 빼면 그럴듯한 모습이다. 노랗고 검붉은 빛과 지독하게 달콤한 방향제 냄새가 복도에 뒤엉켜 있다. 해정은 검은 발자국을 피해 계단을 오른다.

모텔은 딱히 좋지도 나쁘지도 않다. 어두운 색 벽지와 안 어울리게 커튼이 너무 요란하다는 점만 빼면 대체로 괜찮다. 박기영이 방 안을 휘둘러보며 혹시 카메라가 설치된 곳은 없는지 살피는 동안, 해정은 벗은 겉옷을 깨끗이 접어 화장대에 올려놓는다. 가느다랗고 흰 몸이 거울에 비친다.

박기영이 청바지를 벗어 아무렇게나 던진다. 구깃구깃한 청바지를 따라 해정의 시선이 움직인다. 박기영이 티셔츠와 양말을 벗는 동안 해정은 눈을 한 번 피했을 뿐 꼼짝도 하지 않는다. 박기영은 해정이 남겨 둔 속옷을 재빨리 벗기고 그 위에 올라탄다. 딱딱한 골반뼈에 부딪혀 약한 신음이 터진다. 허리를 바싹 붙이려는데 꼼짝 않고 누워 있던 해정이 돌연 팔꿈치를 세워 박기영을 밀어낸다.

─그것 좀 빼면 안 돼요?

박기영은 콘돔 껍질을 벗겨 막 성기에 끼우던 참이다. 침대 시트에 떨어진 은박 껍질이 버석거린다. 콘돔은 박기영의 곧추선 성기에 반쯤 걸쳐져 있다.

─그걸 끼우면 도무지 사람 거 같지가 않아. 너무 차갑단

말이에요.

얄팍한 비닐 한 장일 뿐인데 해정은 도무지 콘돔에 익숙해지지 않는다. 비닐의 매끄러운 부분이 허벅지에 닿을 때면 온몸이 고등어처럼 빳빳해진다. 싸구려 고무 특유의 미끌미끌한 냄새도 싫다. 박기영이 아무리 꽉 안아 줘도 그다음부터는 모든 것이 암흑이다. 박기영과의 섹스가 더없이 건조하고 무감각한 것은 모두 콘돔 때문이라고, 해정은 생각한다.

해정은 종종 박기영이 얼린 고등어 대가리에 콘돔을 끼워 자신에게 밀어 넣는 꿈을 꾸었다. 차갑고 딱딱한 고등어의 감촉과 격렬한 통증은 꿈에서 깬 뒤에도 쉽게 잊히지 않았다. 그것이 해정을 더없이 비참하고 외롭게 만들었다. 더 이상은 그런 꿈을 꾸고 싶지 않다. 해정은 박기영을 만난 뒤 처음으로 단호히 머리를 흔든다. 싫어요.

박기영은 어딘가 의심스러운 눈치다.

미지근한 콧김을 내뿜으며 해정을 오래 내려다본다. 해정은 박기영의 팔에 차가워진 코끝을 댄다. 살그머니 살갗을 맞대고 체온이 뒤섞일 때까지 조심조심 문지른다. 거리에서가 아니면 박기영도 이 정도 스킨십은 거부하지 않는다. 오히려 좋아하는 것 같기도 하다. 해정이 박기영의 팔을 끌어당겨 뺨에 딱 붙인다.

─너, 뭐 딴생각하는 거 아니지?

―너무 추워서 그래요, 아저씨. 나 그거, 정말 싫어.

박기영이 잠시 망설이다 콘돔 끝을 잡아당긴다. 불투명하고 질 나쁜 고무가 도르르 말려 침대 구석으로 튕겨 나간다.

해정은 박기영의 목 뒤, 머리털이 가슬가슬 돋은 움푹한 지점에 손을 댄다. 맥이 뛰는 것처럼 옴죽거리는 자잘한 근육들. 정직하게 쏟아지는 숨과 근육의 들썩임을 위안 삼아 해정은 순간순간 견딘다. 박기영과의 행위는 꿈에서처럼 차갑진 않지만 어딘가 허전하다. 어째서 외로운 걸까. 해정은 박기영의 등을 끌어안으며 생각한다. 두 눈을 힘주어 감은 채다. 망설이거나 눈을 뜨면 박기영이 거대한 고등어로 변해 있을 것만 같다.

해정은 물 빠진 박기영의 청바지를 떠올린다. 인도 침범 방지 턱에 걸터앉아 있던 박기영의 구겨진 청바지. 아빠 양복과 달리 어딘가 늘 구겨져 있고 곳곳마다 색이 제각각인, 걸을 때마다 버석거리는 소리가 나는 거친 천을 해정은 오래도록 생각한다.

―안 궁금해요?

―······ 뭐가.

―그냥. 전부 다.

내가 왜 아저씨를 만나는지, 내 학교생활은 어떤지, 아저씨 앞이 아닌 다른 곳에서 나는 어떤 모습인지, 잠자고 일어났을 때 머리 모양이나 목소리는 어떤지, 앞으로 하고 싶은 일이 뭔지, 어느 대학에 가고 싶은지, 생일이 언제인지, 내 동생 해수는 어떤 아이인지, 디지털카메라는 어떤 걸 쓰는지, 영화는 어떤 걸 좋아하는지, 영어 단어를 외울 때 음악을 듣는지, 운동은 싫어하는지 좋아하는지, 간장에 조린 호두를 먹으면 알레르기가 일어나는지 아닌지, 숫자 8을 쓸 때 왼쪽부터 쓰는지 오른쪽부터 쓰는지, 그리고 무엇보다,

내가 정말 원하는 게 뭔지.

— 안 궁금해요?

— 뭐가! 아 쌍, 너 입 좀 다물어 봐.

뻗어 나온 손이 해정의 얼굴 절반을 덮는다. 땀 밴 손바닥에 짓눌린 코가 힘겹게 숨을 빨아들인다. 도리질 치는 해정을 재차 짓누른 후에야 박기영이 등을 쭉 펴고 고꾸라진다. 침대 구석에 아슬아슬하게 매달려 있던 콘돔이 박기영의 청바지 위로 툭 떨어진다.

화분 1

아기는 작고 단단하게 굳어 있다.

마트 진열대에 빼곡히 쌓인 인형들과 똑같은 포즈로 굳은 아기를 선주는 만족스럽게 살핀다. 아기가 인형과 다른 게 있다면 냄새 정도다. 아기는 밀도 높은 고무 냄새 대신 친근감이라고는 전혀 느낄 수 없는 냄새를 풍긴다. 굳이 비슷한 것을 찾자면 푹 삭은 홍어나 한여름에 뚜껑이 열린 채 방치된 우유 정도다. 어느 쪽이든 역하기는 마찬가지다. 그러나 선주는 아기 옆에 바투 앉는다.

한때 갓 구운 빵처럼 부풀어 올랐던, 그러나 지금 유통기한 지난 식빵처럼 검고 퍼석퍼석해진 아기의 팔. 주먹을 움켜쥔 채 굳은 아기 손을 선주가 손가락 두 개를 사용해 편다.

우둑 소리와 함께 붉은 기라곤 전혀 없는 손바닥이 드러난다. 온기 또한 없다.

— 착한 아이야.

선주가 빙긋 웃는다. 아기의 찌푸린 이마를 쓰다듬고, 손가락을 끼워 아기 입술을 벌려 본다. 목구멍 쪽으로 돌돌 말린 나뭇잎 같은 혀가 보인다. 검게 죽은 입안에서 역한 냄새가 한층 더 강하게 뿜어져 나온다. 선주는 태지(胎脂)가 누렇게 밀린 아기 턱을 꼬집는다.

— 착한 아이니까 예쁜 집을 줄게.

— 좋네요.

선주 목소리에 꽃집 여자가 얼른 몸을 일으킨다. 안 그래도 통로를 꽉 채운 선주의 비대한 몸을 불안한 시선으로 좇던 참이다. 선주의 우람한 팔뚝이 스칠 때마다 꽃나무가 반 뼘씩 줄어드는 것 같다. 꽃집 여자는 눈을 부릅뜨고 선주가 깨는 화분은 없나 지켜본다. 꽃집 여자의 맘을 아는지 모르는지 선주는 좁은 통로를 30분 이상 서성인다.

이윽고 넓적하게 퍼진 검은 구두가 화분 앞에 멈춘다. 이거 좋네요. 선주가 가리킨 것은 곧게 뻗은 네 개의 줄기 위로 진분홍 꽃이 단아하게 피어 있는 난 화분이다. 꽃집 여자가 선주와 화분 사이를 비집고 들어온다.

―꽃이 참 곱죠? 호접란이 좀 흔하긴 해도 집에 놓고 보기엔 이만한 게 없어요. 집 안 분위기가 확 산다니까요. 뭣보다 나비 날개처럼 활짝 열린 꽃이 참 좋잖아요.

―꽃 말고 화분 말이에요.

―네?

―화분이, 참 좋네요.

선주는 꽃에 시선조차 주지 않는다. 꽃집 여자가 보기에 화분은 평범하다. 두툼한 허리에 사각 도형이 자잘하게 얽힌 갈색 화분은 주위에 놓인 것과 크게 다를 바가 없다. 난 화분이라면 유약을 발라 매끈하게 구운 비취색 화분이 정석인데. 꽃집 여자가 떨떠름한 얼굴로 화분을 들어 올린다.

―등나무 분이에요. 저, 화분만 따로 팔지는 않는데요. 판매용 화분은 저쪽에…….

―상관없어요. 꽃도 같이 주시든지요.

선주가 휘휘 손을 젓는다. 선주는 크기와 색깔이 적당한 화분을 원한다. 탁월하게 예쁘기보다 여러모로 적당한. 포장은 필요 없으시죠? 형식적인 질문과 함께 꽃집 여자가 커다란 비닐봉지를 꺼낸다. 화분을 통째로 집어넣을 참이다. 호접란의 긴 줄기가 비닐봉지 위로 비죽 뻗어 나온다. 비닐 손잡이에 쏠린 꽃이 위태롭게 흔들린다.

―딸이에요, 아들이에요?

꽃집 여자는 선주의 비대한 몸에서 유독 눈에 띄는 배를 향해 묻는다. 둥글게 하늘을 향해 뻗친 배. 얇은 옷 아래로 툭 불거진 배꼽이 고스란히 내비친다.

—전자 제품 위에 붉은 꽃을 두면 딸을 낳는대요. 아아, 성별은 벌써 아시죠? 요즘은 5개월만 되면 다들 가르쳐 주니까.

—무슨 소리예요?

선주가 날카로운 목소리로 말을 자른다.

—누가 애를 가졌다 그래요? 뚱뚱한 사람 처음 봐요? 이거 다 내 살이에요, 배 속에 아무것도 없다구요.

화분이 든 비닐봉지를 낚아챈 선주가 소리친다. 그 서슬에 진분홍 꽃 두 송이가 바닥으로 떨어진다. 카운터에 낸 5만 원짜리 지폐도 덩달아 팔랑팔랑 떨어진다. 어머, 죄송해요, 배가 똥그랗기에 저는 틀림없이 아기인 줄 알고. 꽃집 여자가 문밖까지 따라 나오며 사과한다. 선주는 돌아보지 않고 난폭하게 발을 뗀다. 비닐봉지 안 진분홍 꽃이 파르르 날개를 떤다.

아기는 나갈 때 본 그대로 거실 복판에 누워 있다.

밑에 깔린 밝은 분홍색 수건 탓에 아기는 검은 흙덩어리처럼 보인다. 선주는 신발을 벗다 말고 작게 구역질한다. 쏘는 듯한 시취(屍臭)가 집 안을 꽉 채우고 있다. 때마침 분사된 로즈메리 방향제가 더욱 기묘한 배합을 만들어 낸다.

선주는 화분이 든 봉지를 내려놓고 아기에게 다가간다. 더러운 엉덩이 주변에서 뭔가가 꾸물꾸물 움직이는 듯하다. 선주는 아기를 수건째 들어 올린다. 무게는 거의 느껴지지 않는다. 아기를 내던지다시피 화장실 안에 밀어 넣자 환풍기가 맹렬히 돌아가기 시작한다.

아기 엉덩이는 초록색 변으로 얼룩덜룩하다.

항문에서 흘러내린 변이 아기 엉덩이와 허벅지는 물론 분홍 수건에까지 묻어 있다. 선주는 수건 끝으로 아기 엉덩이를 문지른다. 말라붙은 변은 잘 닦이지 않는다. 쪼글쪼글한 살갗 사이로 스며든 녹색이 변인지 몽고반점인지조차 구분할 수 없다. 더러운 수건을 쓰레기통에 버리고 선주가 아기 배를 받쳐 뒤집는다. 아기 머리가 툭 꺾이며 세면대에 부딪힌다. 덜 마른 탯줄이 선주 손바닥에 닿는다.

세면대 물은 김이 올라올 정도로 뜨겁다. 선주는 새빨갛게 익은 손을 털며 아기를 씻긴다. 탯줄을 끊을 때 이후로 아기 몸을 씻기는 건 처음이다. 무릎 뒤처럼 잔뜩 움츠린 채 굳어진 곳에는 손가락이 들어가지 않는다. 선주는 건성으로 손을 놀린다. 아기 머리며 어깨가 여러 번 세면대에 부딪힌다. 작은 노크 소리 같은 것이 화장실에 울린다. 소리가 의외로 청명해 선주는 다시 기분이 좋아진다.

세면대 물이 금세 녹색으로 변한다.

작고 뾰족한 고추가 선주 손가락에 스친 것은 순간이다. 선주는 코를 꼬집는 것처럼 아기 고추를 손가락 사이에 끼우고 장난스럽게 비튼다. 마른 죽순처럼 거칠거칠해진 고추에서는 아무것도 나오지 않는다.

화분은 생각보다 조금 작다.

선주의 손이 호접란 밑줄기를 움켜쥔다. 힘껏 당기자 희고 굵은 뿌리가 드러나며 흙덩이가 사방으로 튄다. 꽃집 여자가 화분을 담아 준 커다란 비닐봉지는 호접란이 들어가기 충분한 크기다. 선주는 호접란 줄기를 여러 번 부러뜨려 봉지 안에 쑤셔 넣는다. 봉지째 꾹꾹 밟아 부피를 줄이는 동안 아기는 동그마니 화장실 앞 발판에 놓여 있다. 흠뻑 젖은 몸 때문에 지금 막 배 속을 빠져나온 것처럼도 보인다. 곱슬곱슬해진 머리카락이 검은 이마에 달라붙어 있다. 으깨진 꽃잎들이 진물을 내며 비닐봉지에 달라붙는다.

흙을 반 이상 덜어 냈는데도 아기는 화분에 들어가지 않는다.

선주는 화분 흙을 모두 쏟아 낸다. 둥글게 만 아기 몸은 화분에 빠듯하게 맞는다. 아기 몸 사이사이 흙을 채우고 남은 흙을 머리 위에 붓는다. 대부분의 흙이 화분 밖으로 쏟아진다. 선주는 호접란이 든 비닐봉지를 다시 연다. 처참하게 으깨진 녹색 줄기와 꽃잎이 찐득하게 뒤섞여 있다. 화분에서 넘친 흙을 봉지 안에 쏟고 입구를 묶는다.

시간이 오래 걸린 것도 아닌데 선주의 양 겨드랑과 가슴께가 축축하게 젖어 있다. 선주도 모르는 새 젖이 조금 흐른 것인지도 모른다. 선주는 비닐봉지를 한 번 더 묶어 신발장 옆에 밀어 둔다. 시취는 화분 속에 잠자코 고여 있다.

— 예쁜 집이지?

선주가 화분을 베란다에 내놓으며 빙긋 웃는다. 고르게 다져진 흙 위로 검은 머리카락 몇 가닥이 비죽 솟아올라 있다.

롤리팝 우먼

선주의 네 번째 남편은 좀도둑이었다.

첫 만남은 선주의 집 베란다에서였다. 좀도둑은 방충망을 뜯고 머리를 디밀던 중이었는데, 너무 작게 뚫은 구멍에 어깨가 걸려 머리와 한쪽 팔만 집 안으로 들어와 있었다. 거기서 뭐하세요? 선주가 화장실에서 거실로 나오다 말고 물었다. 젖은 손에서 물방울이 뚝뚝 떨어졌다.

좀도둑은 방충망을 마저 뜯고 집 안으로 들어올지 몸을 빼 가스관을 타고 내려갈지 고민하는 눈치였다. 다시 한 번 모험을 감행하기엔 가스관이 너무 미끄러웠고 좀도둑에서 강도로 변하기엔 선주가 너무 거대했다. 좀도둑은 짧게 혀를 찼다. 어깨에 걸린 방충망이 뚜두둑 소리를 내며 조금 더 찢어졌다.

　─ 나간 줄 알았는데.

　─ 나가려고 했죠. 화장실에 들렀다가.

　─ 거기 있는 줄은 몰랐네.

　─ 나도 그리로 사람이 들어올 줄은 몰랐네요.

　선주는 시간을 확인했다.

　계획에 없던 화장실을 들르는 바람에 나가야 할 시간이 이미 지나 있었다. 게다가 이번 분기 들어 가장 골치 아픈 아이의 상담 차례였다. 엄마가 외고 과학 선생이라는데 선주가 보기엔 반쯤 미친 게 틀림없었다. 조금만 방심하면 선주를 붙들고 둑 터진 저수지처럼 말을 쏟아 냈다. 비관적이다 못해 저주에 가까운 폭언들이 대부분이었다.

　밑도 끝도 없이 쏟아지는 비난과 질책을 꿋꿋이 참아 온 선주였다. 아이 상담 시간보다 선생 잔소리 듣는 시간이 훨씬 긴 것도 애써 무시해 왔다. 선주가 다섯 번째 상담사라는 아이의 말은 거짓이 아닌 듯했다. 강퍅하게 생긴 과학 선생은 선주에게 매주 다른 비만 클리닉 명함을 건넸다. 개중에는 벌써 몇 년 전에 망해 버린 클리닉도 상당수 끼어 있었다.

　지금까지의 폭언으로 모자라 약속 시간 준수에 대한 잔소리까지 들을 수는 없었다. 선주는 그대로 현관으로 가 신발을 신었다. 가방과 휴대폰을 챙겨 밖으로 나가려는 선주를 좀

도둑이 어이없는 얼굴로 불러 세웠다.

— 어딜 가?

— 일하러요. 그쪽도 일하는데 나라고 놀겠어요?

— 당신 제정신이야?

— 제정신이 아닐 건 뭐 있어요. 이 집에 현금 없어요. 물건
가져가는 건 좋은데 부수지는 말아 줘요. 지난번 남편이 벌
써 부술 만큼 부쉈으니까.

기껏해야 컴퓨터나 들고 가겠지. 집에 아까울 물건이라곤
하나도 없었다. 선주는 바쁘게 아래로 내려가 차를 몰았다.
도둑을 집에 내버려 두고 나올 만큼 노력했는데도 과학 선생
은 선주의 구겨진 재킷을 트집 삼아 잔소리를 시작했다. 아이
와 겨우 인사만 나눈 뒤 집에 돌아왔을 때는 벌써 밤이 깊어
있었다.

좀도둑은 거실 한복판에 대자로 누워 자고 있었다.

거실은 물론 온 집 안에 불이 환했다. 냉장고에 있는 걸 이
것저것 꺼내 먹었는지 맥주 캔과 반찬 통, 통조림 같은 것들
이 거실 바닥에 굴러다녔다. 고기 조각이 반쯤 남은 진공 팩
이 끼어 있는 걸 보니 베란다에 내놓았던 육포 상자까지 들
쑤셔 낸 모양이었다. 선주는 좀도둑 허벅지를 발로 퍽퍽 찼다.
그는 몸을 한 번 뒤집었을 뿐 꿈쩍도 하지 않았다.

— 집에 뭐 이렇게 먹을 게 없어?

다음 날 아침 일어난 좀도둑이 선주에게 따졌다. 그러고는 그대로 눌러앉아 선주의 네 번째 남편이 되었다.

—등교 거부가 뭐 그렇게 큰일이라고 치료까지 받아? 학력이 정 아쉬우면 검정고시 학원에 보내면 될 거 아냐.

네 번째 남편은 담배를 입에서 떼지 않고 웅얼거렸다. 트렁크 팬티 끝이 말려 올라가 납작한 엉덩이가 드러났다. 짓무른 살갗에 손톱 지나간 자리마다 딱지가 앉아 보는 것만으로도 온몸이 근질거리는 엉덩이였다.

선주의 집에 살기 시작한 이래로 네 번째 남편은 심각한 피부염에 시달리고 있었다. 등에 좁쌀만 한 돌기들이 돋아나거나 이유도 없이 살갗이 무르고 벗겨지는 식이었다. 네 번째 남편은 손톱에 피가 묻어날 때까지 엉덩이며 옆구리 등지를 벅벅 긁었다.

—학교에서 소개 받은 거면 공짜로 해 줘야 하는 거 아냐?

—학교에선 그런 줄 알아. 자원봉사자로 등록해 놨으니까.

—아까 애 부모한테 계좌 번호 불러 줬잖아.

—당연하지. 세상에 공짜가 어딨어.

선주의 말에 네 번째 남편이 큰 소리로 웃었다.

—세금도 안 내는 주제에. 그렇게 봉사 활동인 척하면서 돈 받는 거 불법 아냐?

—알 게 뭐야, 세상에 불법이 얼마나 많은데. 당신도 도둑질할 때 세금 안 냈잖아.

—도둑질하고 상담 치료하고 같아?

—다를 게 뭐 있어, 밑천 없이 남 등쳐 먹는 거야 똑같지. 말이 좋아 봉사지 만날 봉사만 하면 난 뭘 먹고 살아?

—안 먹어도 충분히 살겠구먼 뭘. 석 달 열흘 굶어도 표도 안 날걸? 그 배 안에 세쌍둥이가 들었다고 해도 다 믿을 거다. 진짜 뭐가 든 거 아냐? 그렇게 뚱뚱하니 그게 애가 든 밴지 똥이 든 밴지 알 수가 있나.

네 번째 남편이 피 묻은 손을 소파에 대충 문질러 닦았다. 필터 바로 앞까지 타들어 간 담배는 기록 카드에 눌러 껐다. 바가지 머리를 하고 웃고 있던 남자아이가 순식간에 타들어가 얼굴 반쪽이 휑하니 뚫려 버렸다. 정해수 열두 살. 드물게 집에서 가까운 주소지라 신경 써서 빼 둔 카드였다.

군데군데 피딱지가 붙은 추리닝 바지를 꿰입고, 네 번째 남편은 이렇다 저렇다 말도 없이 집을 나가 돌아오지 않았다.

익숙한 패턴이었다. 이전의 남편들 역시 그랬다. 별 의미 없는 첫 만남, 지지부진하게 이어지는 두 번째, 세 번째 만남, 사흘에 한 번꼴로 만나 만취한 채 섹스하는 일상의 반복. 갈증도 배려도 없는 섹스에 익숙해지고 나면 남자는 당연하다는 듯 선주의 집에 눌러앉았다. 앞이 터진 속옷과 재떨이, 면도기 따위가 어지럽게 굴러다니고 수도세나 전기세가 두 배로 늘어났다. 가장 큰 변화를 보이는 건 무엇보다 통장의 잔고였다.

동거가 대개 1년을 채우지 못하는 것도 비슷했다. 남편들은 진저리를 치며 선주를 떠났다. 집 안 물건을 모조리 깨부수고 나간 남편과 가전제품을 모조리 팔아 버린 뒤 집까지 팔려다 실패해 나가 버린 남편이 있었다. 니 옆에서 자면 아무리 에어컨을 돌려도 숨이 막혀! 그렇게 소리치고는 속옷 바람으로 뛰쳐나간 채 돌아오지 않은 남편도 있었다. 네 번째 남편은 그래도 별 문제 없이, 오래 살다 나간 축에 속했다.

선주는 해수 아버지에게 전화를 걸었다. 선주의 설명이 끝나기도 전에 해수 아버지는 상담 일자와 계좌 번호부터 물었다. 내가 지금 부산에 내려와 있으니 어쩌고 하는 설명은 결국 알아서 하라는 말과 같았다. 선주는 해수의 석 달치 상담료를 선불로 받았다. 돈을 찾아 제일 먼저 한 일은 수리공을 부르는 것이었다. 네 번째 남편의 몸피만큼 뚫려 있던 베란다 방충망은 오래 방치해 둔 탓에 손대는 족족 찢어졌다. 뭐, 그런 거라고 선주는 생각했다. 남편이 사라지는 것은 이제 놀라운 일도 아니고, 살다 보면 또 다섯 번째 남편이 나타날 것이었다.

*

　해수는 다루기 쉬운 타입의 아이다.

　선주는 해수가 나이에 걸맞은 순진한 아이라 다행이라고
생각한다. 보통 열 살을 넘긴 남자아이는 선주가 감당하기 힘
든 타입이 많다. 빈약한 지식과 고집으로 무장한 아이들은 폭
력적이고 뻔뻔하다. 아줌마, 남자랑 한 번도 못 해 봤죠? 아줌
마 같은 뚱보랑 섹스하면 꼬추가 살에 파묻혀 버릴 거야. 그렇
게 말한 것은 고작 열두 살 먹은 남자아이였다. 아이들은 선
주가 어른이라는 사실을 경계하고 뚱뚱하다는 사실에 거침없
이 적의를 드러낸다.

　해수 아버지는 해수가 누나, 엄마와 함께 살고 있다고 했지
만 거짓말이다. 적어도 선주가 느끼기엔 그렇다. 해수네 집에
성인 여자의 흔적이란 도우미 아줌마의 것이 유일하다.

　─상담 안 받을래요.

　─오늘은 상담하러 온 거 아냐. 해수가 어떻게 지내나 보
러 온 거지.

　─누나가 아무나 문 열어 주지 말랬어요.

　─나는 아무나가 아니라 선생님이니까 괜찮아. 해수 DVD
보고 있었구나. 선생님도 저 애니메이션 아는데. 「철근 콘크리
트」지?

―…….

　―화면이 좀 정신없긴 했는데 그래도 재밌었어. 구리랑 미로였던가? 주인공 이름이?

　―…… 근크리트.

　―응?

　―제목.「철콘 근크리트」예요, 콘크리트가 아니라. 그리고 쿠로랑 시로.

　―참, 그랬지. 이상하게 그게 자꾸 헷갈리네. 애들이 잘 헷갈리는 말이라 일부러 제목을 그렇게 지었다던데 선생님은 오히려 그 제목이 더 헷갈려. 해수는 안 그러니?

　해수는 고양이처럼 몸을 움츠린 채 버틴다. 그러면서도 흘끔흘끔 선주 눈치를 보는 게 영락없는 어린아이다. 누나와 둘이 사는 것치고 깔끔한 모습인 것도 마음에 든다. 등교 거부나 자폐 증세를 보이는 아이들 중에는 씻는 것을 극도로 싫어해 꼴이 엉망인 경우가 많다. 아이와 싸우는 데 지친 부모도 '밖에 나가지 않으니 괜찮다.'라는 핑계를 들어 방치하기 때문에 점점 더 상황이 악화된다. 들쑥날쑥 지저분한 머리, 끝이 구부러질 정도로 길게 자란 누런 손톱, 각질이 일어나 하얗게 갈라지기 시작한 팔꿈치. 해수는 그중 어느 것에도 해당되지 않는다.

　사진으로 본 것과 똑같이 해수는 동그랗고 짧은 단발머리다. 인형처럼 동글동글하게 잘라 놓은 것이 해수를 더욱 어려 보이게 만든다. 안 그래도 또래보다 확연히 덩치가 작다.

머리는 누가 잘라 주니? 선주의 물음에 해수는 냉큼 누나 요, 한다. 그러고는 뭔가 실수했다는 듯 금세 새침한 얼굴로 돌아앉는다. 누나 손재주가 참 좋네. 선주가 그렇게 말하려는 데 현관문이 벌컥 열린다.

—아줌마 누구예요?

선주는 그제야 해수가 손에 들고 있는 게 리모컨이 아닌 휴대폰이라는 걸 깨닫는다. 누나에게 문자라도 보낸 모양이 지. 선주가 느긋하게 몸을 돌린다. 홀쭉한 여자아이 하나가 교 복 차림으로 서 있다. 까맣고 긴 머리카락 때문에 새하얀 얼 굴이 도드라져 어딘가 질려 있는 것처럼 보인다.

—아줌마 누구예요? 누군데 주인도 없는 집에 함부로 들 어와 있는 거예요?

—주인이 없는 건 아니지. 해수가 있었으니까.

—당장 안 나가면 불법 침입으로 경찰에 신고할 거예요.

—생각보다 훨씬 더 어리네.

선주가 중얼거린다. 동생을 돌보며 이만한 큰 집을 유지할 정도면 어느 만큼 성숙한 아이이리라 지레짐작했던 것이다. 선 주는 새삼 열일곱이란 나이가 얼마나 보잘것없는 나이인가 생각한다. 딴에는 협박을 할 작정인가 본데 저 얼굴로는 무리다. 얼굴을 일그러뜨릴수록 어설프고 모자란 부분이 더욱 눈에 띄고 만다.

—그렇게 경계할 필요 없어. 난 상담 치료해 주는 선생님이야. 해수가 어떤 상태인지 보러 온 거고, 누나랑도 얘길 좀 했으면 좋겠는데.

—어디서 나오셨어요? 사회복지과? 교육청? 아님 지역 봉사 단체?

—아버님이 부탁하셨어.

해정이 해수를 방 안에 밀어 넣고 문을 쾅 닫는다.

선주는 해정의 반응을 눈여겨본다. 해수 아버지는 해수가 왜 등교 거부아가 되었는지에 대해서는 말해 주지 않았다. 뭔가 계기가 있었을 텐데요. 선주가 재차 물었지만 그는 말을 얼버무렸다. 살다 보면…… 살다 보면 여러 가지 일이 있는 거 아니겠습니까? 선주는 그의 말에 어느 정도 짐작 가는 것이 있었다.

—아버님이 해수 걱정 많이 하셔. 해수가 저렇게 된 데는 본인 책임이 크다고, 어떻게든 치료해 달라고 부탁하셨어.

—웃기시네.

해정이 코웃음 치며 현관문을 연다. 나가요. 싸늘한 목소리는, 그러나 어린애 특유의 콧소리를 매달고 있다. 앳된 몸과 달리 머릿속만 커 버린 아이들. 선주는 몸으로 밀쳐 내다시피 해정을 밖으로 내몬다. 얼결에 밀려 나간 해정의 얼굴이 당혹감에 일그러진다.

　—니가 아무리 동생을 잘 돌본다고 해도 한계가 있어. 해수가 저렇게 집 안에서만 평생 살게 내버려 둘 거야? 벌써 반년도 넘었다며. 이대로 두면 3년, 5년도 순식간이야. 너는 해수가 초등학교도 졸업 못 하고 집에서만 숨어 살면 좋겠어?

　—곧 괜찮아질 거예요.

　—그게 언젠데? 5년 뒤? 10년 뒤?

　—…….

　—부모고 어른이고 다 싫겠지만, 어쩔 수 없어. 넌 어린애야. 할 수 없는 부분은 어른의 도움을 제대로 받아야 돼. 동생이 잘못되길 바라진 않을 거 아냐.

　—도움 같은 거 필요 없어요. 우릴 내버려 두는 게 도와주는 거예요.

　—도움이 필요할 땐 솔직하게 도와 달라고 하는 게 맞아. 때를 놓치면 틀림없이 후회하게 될 테니까. 그리고 나, 동정심에 이러는 거 아냐. 봉사니 뭐니 생색만 내고 끝낼 것도 아니고. 책임만큼 확실히 할 생각이야. 너희 아빠한테 돈도 받았거든, 석 달치 선불로.

　—…….

　—난 일주일에 한 번, 월요일 5시에 올 거야. 니가 집에 있

든 없든 상관없지만 괜한 방해는 하지 말아 줘. 적어도 해수를 위한다면.

해정이 입을 벙긋거린다. 딱히 소리가 되어 나오는 건 없다. 건조한 입술이 하얗게 들뜨고 갈라져 병자처럼 보인다. 차분한 머리칼이나 말끔한 옷매무새를 제외하면 정작 상담에 어울리는 건 해수보다 해정이다.

— 멋대로 해요. 아무리 아빠 돈이라도 날리는 건 어쨌든 아까우니까.

비쭉거리던 해정이 빠르게 말을 쏟아 낸다. 그러고는 뒤도 안 돌아보고 집 안으로 들어가 버린다. 일단 1단계는 성공했고. 선주가 혼자 콧노래를 부른다. 해정이야 어떻든 해수만 해결하면 그만이다. 상담 의뢰를 받은 건 해수지 해정이 아니다.

해수와 친해지는 건 어렵지 않다.

처음 만났을 때도 경계했을 뿐이지 호전적인 태도를 취한 건 아니었으므로 선주는 어쩐지 김이 새는 기분이다. 이야기하며 노는 걸로 봐서는 또래 아이들과 다른 점이 없어 보인다. 오히려 훨씬 유순하고 여리다. 문제가 없어 보이는 아이일수록 상담 치료는 더 힘들다. 증상이 뚜렷하고 반복적인 아이들은 바로바로 반응을 체크해 치료법을 바꾸거나 심화할 수 있는데, 해수는 그런 것이 사실상 불가능하기 때문이다.

장기전도 나쁘지 않지. 선주는 마음을 고쳐먹는다. 상담 때마다 달려들어 결과를 요구하는 부모도 없고 상담료도 다른 집보다 넉넉하게 불러 놨으니 오히려 잘된 일인지도 모른다. 전화 한 통 외에는 전혀 연락이 없는 해수 아버지도 아이를 위해 뭔가 했다는 자기만족이 필요할 뿐인 게 분명하다.

— 해수는 이게 뭘로 보일까?

모퉁이가 나달나달해진 그림 카드를 내밀며 선주가 묻는다. 하품이 날 정도로 지루한 작업이다. 아무렇게나 찍힌 물감 얼룩을 보고 무엇을 떠올리든 그게 무슨 상관인가. 그래도 선주는 몸에 밴 순서에 따라 해수를 대한다. 별것도 아닌 카드 한 장에 해수는 오래 고민한다. 그러더니 상기된 얼굴로 안 할래요, 하고 만다.

— 이거 싫어요. 다른 카드 해요.

— 왜? 지금 생각난 거 아무거나 말하면 돼. 전에 단어 놀이했었지? 그거랑 똑같은 거야.

— …….

— 뭘까? 해수는 이게 뭘로 보여?

해수가 손가락을 꼽는다. 아까까지 물감으로 미술 치료를 한 터라 손톱 끝에 붉은 물감이 끼어 있다. 선주는 무심한 척 시선을 돌린다. 다그쳐 봐야 답이 나올 아이가 아니다. 해수는 오히려 내버려 두었을 때 속말을 토해 내는 성격이다.

— …… 돌멩이.

— 돌멩이? 어디에 있는 돌멩이?

— …….

— 산? 바다? 도로 위? 어디에 있는 돌멩이일까?

— …… 똥구멍에요.

해수가 카드 모서리를 손톱으로 까다 툭 내뱉는다.

카드 그림은 아주 단순하다. 언젠가 선주가 꽃집에서 샀던 호접란과 비슷한 모양이기도 하다. 날개처럼 달린 한 쌍의 붉은 꽃잎 사이에 노란 동그라미가 박혀 있는 카드. 그걸 보고 해수는 전혀 의외의 것을 말한다. 언젠가 여자 성기라고 답했던 남자아이도 있긴 하지만 그 정도는 예상 답안에 들어 있다. 아이들이 떠올리는 건 어른보다 훨씬 더 엉뚱하고 자유분방하다. 하지만 해수의 경우는 좀 다르다. 다른 것 같다. 선주는 태연한 얼굴을 하려 애쓴다.

— 똥구멍에 있는 돌멩이라니 그거 아프겠는데?

— 아파요.

아플 거예요, 가 아니라 아파요, 라고 답한다.

말실수를 깨닫지 못할 만큼 해수는 생각에 빠져 있다. 맑은 콧물이 인중에 번진다. 해수가 카드 까던 손으로 코를 훔친다. 카드를 망가뜨리는 것도 옷에 아무렇게나 코를 문지르는 것도 선주는 못 본 척한다.

—이 옆은 왜 빨간색이지?

—피가 났으니까요. 피 때문에 엉덩이가 새빨개진 거예요.

—그럼 이건 누구 엉덩이일까?

—…….

해수가 다시 입을 다문다. 특별히 답을 바라고 한 질문은 아니니 선주도 그냥 넘어간다. 다음 카드, 또 다음 카드를 보여 줘도 해수는 대꾸할 기색이 없다. 집요하게 파고드는 건 의심을 사는 일밖에 안 된다. 의심은 어렵게 형성된 유대감을 흐트러뜨린다. 선주는 더 이상 묻지 않고 카드를 챙겨 상자 안에 집어넣는다.

선주는 조금 고민한다. 지금까지의 선주라면 고작 상담아의 일에 이 정도로 적극적이 되지 않는다. 해수가 다녔던 장도초등학교에 전화를 걸면서 선주는 조금 더 고민한다. 그러나 이 순간 선주를 지배하는 건 해수를 치료해야 한다는 의지가 아닌 맹렬한 호기심이다.

등교 거부로 인해 해수는 학교에서 꽤 유명해진 모양이다. 어쩌면 다른 이유도 좀 섞여 있는지 모른다. 담임선생을 바꿔 주겠다는 응답을 들은 뒤로도 선주는 한참을 기다린다. 그냥 끊어 버릴까 싶은 마음이 든 다음에야 해수 담임선생이 전화를 받는다.

—해수 어머님이신가요?

선주는 딱히 긍정도 부정도 아닌 소리를 낸다.

—해수가 다시 학교에 나오겠다고만 한다면야 저희가 어떻게든 방법을 마련해 보겠습니다.

—아직 그럴 단계는 아니구요. 상담 치료해 주시는 분이 당시 상황을 좀 자세히 설명해 달라고 하네요. 정확히 이유가 뭐였죠?

—치료 받기로 한 건 정말 잘 결정하셨어요. 요즘은 소아정신과 다니는 게 흉도 아니니까요. 저희 반에도 ADHD 치료를 받는 아이가 세 명이나 있어요. 해수는…… 그때도 말씀드렸지만, 아이들에게 따돌림 당했던 게 아무래도…….

—아니, 그것보다 더 자세히요. 정확히 무슨 일이 있었던 건가요?

해수 담임선생은 선주와 통화하는 내내 어쩔 줄 몰라 하는 목소리를 낸다.

—해수가 아이들과 좀 못 어울리는 경향이 있어서, 돈도 좀 뺏기고 맞기도 하고 그랬던 모양이에요. 제가 미처 눈치채질 못했어요. 정말 죄송합니다.

담임선생은 자연스럽게 입에 밴 말투로 죄송합니다를 반복한다. 폭력의 상세한 내용은 모르는 눈치다. 가해 학생에 대해 묻자 쩔쩔매는 기색이 역력하다.

—그게, 벌써 반년도 더 지난 일이라서요.

─반년이고 1년이고, 이런 일은 제대로 조사해서 처리해 주셨어야 하는 거 아닌가요?

─어머님과 통 연락이 안 되고 해수도 학교에 안 나오고. 집에 찾아가도 아무도 없었으니까요. 피해 사실도 정확히 모르는 데다가 무엇보다 해수가…… 아무 말도 안 했어요. 눈에 띌 만한 외상이 있었던 것도 아니고.

선주는 담임선생의 무지에 혀를 차고 싶을 지경이다.

타인의 눈에 띌 만한 외상을 남기는 따돌림이란 드물다. 은밀하고 암묵적인 동의에 의해 폭력은 배와 등, 허벅지 같은 부위에 집중되는 것이다. 바꿔 말하면 해수에게는 얇은 옷 한 장 들춰 몸을 살펴봐 줄 사람이 아무도 없었다는 뜻이다.

전화를 끊고 거실로 나가자 해수는 텔레비전 앞에 미동도 없이 앉아 있다. 또 「철근 콘크리트」, 아니, 「철콘 근크리트」다. 감자처럼 넓적한 얼굴을 한 아이 둘이 지저분한 거리를 떠돌아다니는 애니메이션. 해수는 하루 종일 이걸 틀어 놓고 본다. 빨간 고글을 쓴 아이가 재미있어 죽겠다는 얼굴로 쇠파이프를 휘두르면 덩달아 팔을 휘두르기도 한다.

─이렇게 매일 보는데도 재미있어?

선주를 돌아보는 해수 얼굴이 평소와 달리 창백하다.

─뭔가, 할 얘기가 있니?

해수가 잠자코 고개를 젓는다. 선주는 여기저기 펼쳐 두었던 물건들을 가방에 쓸어 담는다. 쓸데없이 너무 깊이 관계하고 있다며 스스로를 탓한다. 학교에 전화까지 한 것에 대해 반성한다.

이것은 단지 일일 뿐이다. 매뉴얼은 완벽하게 짜여 있다. 아이의 호감을 얻기 위해 어떤 말과 행동을 해야 하는지, 관계가 확립되면 어떤 방식의 심화 학습이 이루어져야 하는지 줄줄이 꿰고 있을 정도로 선주는 베테랑이다. 호기심은 가장 주의해야 할 적이다. 호기심과 억측만큼 일을 엉망으로 만드는 것도 없다. 해수에게 다정한 부모가 있었다면 노골적으로 사건을 기대하는 선주에게 경악을 금치 못했을 것이다.

　—누나가 오늘은 늦네. 선생님 그만 가 볼게.

　—…….

　—하고 싶은 얘기가 생기면 전화해도 돼. 선생님 전화번호 알지? 궁금한 게 있다거나 곤란한 일 생기면 꼭 연락하고. 그럼 다음 주에 보자.

　—저기, 저기요…….

선주는 저도 모르게 얼굴을 찌푸린다. 다른 집이라면 문 앞까지 따라 나왔을 부모 때문에 표정 관리에 신경 썼겠지만 이 집에서만큼은 그게 잘 안 된다. 굳이 그럴 필요도 없다. 해수는 바닥으로 푹 꺼져 버릴 것처럼 조그만 얼굴을 아래로 처박고 있다.

—남자들은 저기, 어른이 되면요…….

—어른이 되면?

—여자 엉…… 덩이를 만지고 싶어 하나요? 어른은 전부 다 똑같이 그런 건가요?

이건 또 무슨 소리람. 의아해하면서도 선주는 귓불까지 새빨개진 해수의 조그만 머리통을 쓰다듬는다. 남자가 여자 엉덩이를 만지고 싶어 하는 건 자연스러운 거야. 궁금하면 한번 만져볼래? 선주가 둥그렇게 커진 해수 눈을 보며 깔깔 웃는다.

—물론 만지고 싶다고 아무 엉덩이나 만지면 큰일 나겠지만.

—모르는 사람 엉덩이를 막 만지는 사람은 변태지요?

—뭐, 그렇지.

—그럼, 저기…….

묻는 말이 너무 작고 빨라 선주는 몇 번이나 되묻는다. 자기가 붙잡은 주제에 괴롭힘 당하고 있는 아이처럼 해수는 울상이다. 그러면서도 묻는 말에는 착실히 대답하려 애쓴다. 이런 식으로 여린 성격을 가진 아이들은 부당한 일에도 항의하지 못하고 그대로 따르는 경우가 많다. 쉽게 말해 놀림감이나 따돌림의 대상이 되기 쉽다는 것이다.

실제로 등교 거부아 중 상당수가 따돌림에 의해 만들어진다. 등교 거부를 하게끔 만드는 환경이 학교에 있는 것이다. 학교에 가기 싫은 것이 아니라 학교에 가기 두려운 것. 선주는 해수의 어깨를 가볍게 잡는다.

— 그러니까…….

— 그러니까?

— 그게. 저기…… 변태 아들도 변태인 건가요? 변태가 되
는 건가요?

— 누가 그렇게 말했어? 해수더러 변태래?

— 변태 아들이니까…… 나도 변태라고…… 그래서…….

해수가 별안간 입을 다문다. 고개를 돌리니 지친 기색이
완연한 해정이 그 앞에 서 있다. 특별히 화가 나 있다거나 한
것이 아니라 완벽한 체념, 피로와 탈력에 짓눌린 얼굴이다. 해
정은 선주를 보지 못한 것처럼, 해수와 선주의 이야기는 아무
것도 듣지 못했다는 듯이 그들을 지나친다. 교복 치마가 스치
지 않았다면 유령처럼 느껴졌을 것이다.

해수는 언제나 그랬듯 해정 뒤에 바짝 붙어 방으로 따라
들어간다. 거실 텔레비전에서는 이제 아무도 보지 않는 애니
메이션이 혼자 떠들고 있다. 빨간 고글을 쓰고 날뛰던 큰 아
이가 피투성이가 되어 길바닥에 쓰러지는 대목이다.

고등어와 콘돔

해정이 코트 안에 입은 블라우스는 눈에 익다.

박기영은 블라우스 목까지 촘촘히 박힌 진주 단추를 훑어
본다. 목 아래 리본으로 마무리된 단추의 행렬이 어림잡아 스
무 개는 되어 보인다. 최근 해정은 벗기기 어려운 종류의 옷
만 입고 나온다. 코르셋처럼 등에 줄이 빡빡하게 얽힌 원피스
라든가 찢어지기 쉬운 천으로 만든 블라우스 같은 것들이 그
렇다. 박기영이 거푸 한숨을 쉰다.

단추를 푸는 자신을 물끄러미 내려다보는 해정의 시선이
느껴진다. 해정은 예전처럼 스스로 옷을 벗어 화장대 위에 개
켜 놓는 일을 하지 않는다. 시험이라도 하듯 박기영이 자신의
복잡한 옷을 다 벗길 때까지 손가락 하나 꼼짝 안 하고 기다

린다. 동그란 진주 단추에 비해 단춧구멍이 너무 작고 **빡빡하**
다. 뜨거운 숨이 목까지 차오른다. 블라우스를 잡아 뜯어 버
리고 싶은 충동을 박기영은 가까스로 참아 낸다.

해정은 여유로워 보인다. 입가에 맺힌 미소가 점점 더 박기
영의 화를 돋운다. 이런 해정의 행동들은 박기영에게 불신과
의심을 심어 주기 충분하다. 놀림 받고 있다는 기분이 든다.
해정은 발정 난 원숭이를 관찰하는 연구원이라도 된 양 홀로
침착하고 우아하다. 도무지 마음에 들지 않는다.

해정과의 행위는 어처구니없는 형태로 고정된 섹스 돌을
붙잡고 하는 마스터베이션에 가깝다. 처음부터 끝까지 해정
의 숨은 깊고 차분하다. 무표정한 얼굴로 박기영을 뚫어져라
쳐다볼 뿐이다. 차라리 돈을 주고받는 관계라면 좋을 텐데.
박기영은 뒤늦게 후회한다. 해정과 박기영 사이에는 정산할
만한 돈도 기억도 감정도 없다.

돈을 지불하는 입장이라면 얼마든지 박기영이 우위에 설
수 있다. 적어도 해정이 이렇게 신경 쓰이거나 두렵게 느껴지
진 않을 거라고 박기영은 생각한다. 겨드랑 깊은 고랑에 땀이
고인다.

─너, 돈 안 필요하냐? 갖고 싶은 거 없어?

─아저씨가 선물해 주게요?

─돈 줄게, 니가 사.

─됐네요. 돈이라면 나도 많아요.

해정이 박기영 가슴에 찰싹 뺨을 붙인다. 침대 시트를 끌어 겨드랑을 닦는 척하며 밀어내 봐도 소용없다. 섹스할 때의 해정은 양손을 바닥에 단단히 붙인 채 움직이지 않는다. 그러나 이후에는 이렇듯 살갑게 몸을 붙여 온다. 배를 꼭 끌어안고 놓지 않을 때도 있다. 종잡을 수 없는 그런 모습이 박기영을 더욱 혼란스럽게 만든다.

─선물이라면 받아 줄 수 있는데.

박기영이 해정을 밀쳐 내려던 손을 내린다. 대신 반대쪽 팔을 뻗어 협탁을 더듬는다. 미리 꺼내 놓은 담배와 라이터가 손에 잡힌다. 뭘 해야 할지 몰라 안절부절못하다 담배를 떠올렸을 때 속으로 얼마나 안도했던가. 섹스 후의 담배 한 대는 맹렬한 허무감과 싸우기 위한 유일한 무기다. 불붙은 담배와 달리 젖은 몸이 차게 식는다.

─아저씬 결혼 안 해요?

─갑자기 결혼은 왜?

─나이 많잖아요, 아저씨. 아님 벌써 와이프가 있는데도 총각인 척하는 거예요?

─너한테 총각 행세해서 뭐해.

─아저씨.

─왜.

─아저씨.

─…….

─아저씨?

─말을 해, 왜!

─아저씨. 나, 두 달째 생리를 안 해요.

─이런 쌍.

박기영이 벌떡 일어선다.

가슴에 기대어 있던 해정의 머리가 시트에 푹 파묻힌다. 박기영이 빠른 속도로 청바지에 다리를 꿴다. 상체만 겨우 일으킨 해정이 멍한 눈으로 그런 박기영을 바라본다.

─콘돔 싫다고 그 지랄할 때부터 수상했어. 뭐, 너무 추워서 그런다고? 씨팔, 순진한 척은 혼자 다 하더니 웃기지도 않네. 야, 너 내가 호구로 보이냐?

─그런 게 아니라…….

─아니긴 뭐가 아냐! 너 이거 처음도 아니지? 너 같은 계집애들이야 뻔하지. 나한테 뭔가 톡톡히 우려 낼 생각인가 본데, 꿈도 꾸지 마. 어디서 수작질이야! 누구 새낄 배 놓고 나한테 덤터기 씌워, 씌우길!

치솟는 화를 더 이상 참지 못한 박기영이 해정의 머리를 잡아챈다. 해정이 순식간에 바닥으로 고꾸라져 뒹군다. 박기영은 피우던 담배를 사납게 바닥에 내던진다. 흩어지는 불똥에 놀란 해정이 팔을 마구 휘저으며 뒤로 물러난다. 장판이 누린내를 내며 검게 타들어 간다. 해정은 몸을 피하면서도 아직 얼떨떨한 얼굴이다.

— 그럴 작정으로!

박기영이 이를 갈며 해정에게 다가간다. 손안에 벌써 뽑힌 머리카락이 한 움큼이다. 그제야 해정은 불에 덴 듯 정수리가 화끈거리는 것을 깨닫는다. 동시에 온몸을 엄습해 숨조차 쉴 수 없게 만드는 것이 공포감이라는 것을 어쩔 수 없이 인정하고 만다.

— 그럴 작정으로 날 만난 거였어!

분노에 찬 박기영 목소리가 쩌렁쩌렁 울린다. 침대 옆 구석으로 도망치는 해정의 몸에서 잡을 것이라곤 머리밖에 없다. 어깨나 팔은 흡사 고등어 몸통처럼 미끄러져 손에서 빠져나간다.

— 이런 씨팔!

박기영이 해정의 긴 머리를 오른손으로 휘감아 쥔다.

우두둑 소리가 해정의 머리에서 나는 건지 박기영의 손에서 나는 건지 분명치 않다. 해정은 높고 날카로운 비명을 연이어 질러 대느라 정신이 없다. 쩍 벌어진 입에 박기영이 함부로 주먹질을 한다. 벌거벗은 몸이 벌레처럼 둥글게 말린다. 박기영은 사정없이 해정의 몸을 걷어찬다.

이게 누굴 호구로 보고! 아까와 비슷한 말들이 박기영 입에서 쏟아진다. 해정은 박기영의 가열한 발길질을 한 번도 피하지 못한다. 기어서 도망치려 몸을 엎드리면 박기영의 발이 등과 허리를 내리찍는다. 해정이 할 수 있는 건 오로지 비명을 지르는 것뿐이다.

박기영은 바닥에 공 튀기듯 해정의 머리를 서너 번 내리찧은 후에야 손을 놓는다. 해정이 눈을 하얗게 뒤집으며 뻐드러진다. 그런 해정의 얼굴을 보며 박기영은 묘한 쾌감을 느낀다. 어쩌면 아주 오래전부터 자신이 이 순간을 고대해 왔는지도 모른다는 생각이 든다. 고결한 척 우쭐대는 해정을 발밑에 내동댕이쳐 짓밟아 주고 싶었다. 더러운 몰골로 바닥을 기어 다니게 만들고 싶었다. 해정을 때리다가 찢어진 손등에서 피가 흘러내리는데도 기분만은 더없이 개운하다.

셔츠와 점퍼를 챙겨 입고 모텔 방에서 나가려는데 발끝에 무언가가 차인다. 수십 개의 진주 단추가 빼곡히 달린 해정의 블라우스다. 이게 누굴 엿 먹이려고 이딴 걸 입고! 아까 느꼈던 불쾌감과 모멸감이 생생히 떠오른다.

―씨발 년, 생리를 안 해? 생리를?

박기영이 블라우스를 집어 들고 박박 찢기 시작한다. 진주 단추가 사방으로 튄다. 결을 따라 너무 손쉽게 찢어지는 블라우스 때문에 도리어 짜증이 난다. 개운했던 기분에 다시 먹구름이 끼는 것 같다. 박기영은 침대 옆에 널브러진 해정에게 다시 다가가 정확히 아랫배를 걷어찬다.

—다시 이딴 개수작 부리면 그땐 정말 뒈질 줄 알아.

수천 개의 바늘이 혈관을 따라 흐른다. 갈고리 모양으로 휘어진, 유난히 작은 바늘이다. 해정의 몸에는 이미 어떤 기력도 남아 있지 않다. 얻어맞는 일은 의외로 많은 체력을 소비한다. 굳은 관절과 긴장한 몸 때문이다. 온몸이 저리고 눈알 뒤쪽이 빠질 것처럼 아프다. 해정의 몸이 불현듯 펄떡 뛴다. 의지나 근력과는 전혀 관계없는 움직임이다. 실로 발작에 가깝다.

해정의 폐에는 한꺼번에 너무 많은 것들이 밀려들어 오고 있다. 피와 침이 역류해 해정의 입가에서 부글부글 끓는다. 해정을 괴롭히는 건 빠져나가지 않는 숨이다. 내뱉을 틈도 없이 새로운, 또 새로운 숨이 밀려들어 온다. 머리가 어뜩하고 가슴이 빠개지는 것 같다. 해정은 자신의 목을 마구 할퀸다.

반달 모양 손톱자국이 콱콱 박힌다. 목과 쇄골 근처가 피투성이가 되었는데도 숨은 조금도 편해지지 않는다. 풍선처럼 부푼 몸이 기어코 터져 버리는 상상에 해정은 괴롭다. 입을 틀어막고 스스로 목을 조른 뒤에야 가까스로 숨이 빠져나간다.

과호흡 다음으로 해정을 덮쳐 온 것은 통증이다. 몸의 어디가 잘못된 것인지조차 가늠할 수 없다. 그저 온몸의 세포가 하나하나 저며지는 것만 같다. 도와줘, 살려 줘. 있는 힘을 다해 외쳐도 아무도 응답하지 않는다.

해정은 팔꿈치로 바닥을 짚어 몸을 끈다. 눈앞에 놓인 오른손 손가락이 이상한 방향으로 꺾여 있다. 화장대 밑에 떨어진 손가방까지 기어가는 동안 입에서 핏물이 뚝뚝 떨어진다.

누군가에게 전화를 해야 한다. 해정의 안부를 궁금해할 누군가, 해정의 비명에 응답해 줄 누군가에게 도와 달라고. 제발 살려 달라고. 그러나 누구에게?

휴대폰을 움켜쥔 해정의 얼굴이 밀랍처럼 굳는다. 파랗게 빛나는 액정이 해정의 얼굴을 더욱 기괴하게 만든다. 누구에게. 해정의 숨이 다시금 가빠진다. 부산 어느 찜질방에선가 여고생 엉덩이를 주물럭거리고 있을 아빠에게? 젊은 화가와 함께 어느 성형외과에 누워 있을지 모를 엄마에게? 말 한 번 제대로 섞어 본 적 없는 학교 동급생에게? 담임선생님? 아니면 해수? 아무리 생각해 봐도 해정이 누를 수 있는 번호는 하나도 없다.

박기영. 해정은 일순 떠올린다. 그러나 해정의 기억이 정확하다면, 그는 마무리라도 하듯 정확히 해정의 배에 발길질을 하곤 저 문밖으로 나갔다. 다시 만나면 뒈질 줄 알아, 그런 식의 말을 인사처럼 남겨 놓고서.

다리에서부터 시작된 떨림이 온몸으로 퍼지기 시작한다. 대체 누구에게 자신을 데리러, 정사와 폭행의 흔적이 역력한 사거리 모텔 방으로 와 달라고 해야 할까. 해정의 터진 입술이 자조적으로 비틀린다.

한참 시간이 흐른 뒤에야 해정은 꺾이지 않은 왼손으로 간신히 1, 1, 9를 누른다.

*

―퇴원시켜 주세요.

해정이 거칠게 목덜미를 긁는다. 몇 겹으로 돌려 묶은 붕대 때문에 가려움은 좀처럼 사라지지 않는다. 해정의 손이 거듭 옮겨 다니며 붕대 위를 긁는 동안 간호사는 무료한 얼굴로 해정의 팔에 혈압계를 감는다.

전신 타박상과 찰과상으로 해정의 몸은 연고와 거즈투성이다. 집중적으로 치료 받은 곳은 꺾인 손가락과 목이다. 숨을 쉬기 위해 해정 스스로 낸 상처는 생각보다 깊다. 손톱에 길게 찢긴 상처와 날카롭게 파인 상처들은 몇 번이나 소독한 뒤에야 겨우 거즈를 붙일 수 있었다.

―퇴원시켜 달라니까요.

차트에 혈압을 체크하던 간호사가 단호히 고개를 젓는다.

—보호자가 와야 된다니까. 아직 학생이고, 자세한 검사도 해 봐야 하고.

—검사 필요 없어요. 그냥 몇 대 맞은 게 전부예요.

—그냥 몇 대 맞았는데 몸이 이 지경이 돼? 손가락도 부러졌잖아.

—깁스했으니까 됐잖아요.

—보호자가 와야 일반 병실로 갈지 퇴원을 할지 정하지. 아직 의사 선생님도 아무 말씀 없으셨고. 응급치료만 했으니까 장기가 상하지 않았나 검사도 해야 돼. 필요에 따라서는 경찰에 신고를 할지 말지도 정해야…….

—신고 안 해요. 깡패한테 몇 대 맞은 걸 뭐하러 경찰에 신고해요.

—모텔 방에서 깡패를?

—…….

—성폭행까지 당한 거라면 얘기가 달라져. 꼭 보호자와 상의해야 돼.

—…… 아까 전화해 봐서 아시잖아요. 전 보호자 없어요.

확실히 연락이 되는 사람은 없었다.

응급실 담당 간호사는 해정의 피멍 든 얼굴과 손가락 깁스를 살핀다. 머리카락이 한 주먹 뽑혀 나간 두피에도 피가 번져 있다. 병원으로 실려 온 해정은 과호흡에 쇼크가 겹쳐 제대로 정신을 차리지 못하는 상태였다.

간호사는 해정이 쥐고 있던 휴대폰으로 여기저기 전화를 걸었다. 몇 개 되지 않는 연락처는 그나마도 받지 않거나 없는 번호가 대부분이었다. 집 전화는 동생인 듯한 소년이 받았다. 부모님 오시면 꼭 연락 주시라고 해, 알겠니? 병원 이름을 듣고도 소년은 우물거릴 뿐 대답을 하지 않았다. 누나, 어디가 아파요? 소년의 물음에 이번엔 간호사가 머뭇거렸다. 부모님이…… 오시면 알게 될 거야. 소년도 간호사도 잠시 아무 말도 하지 않았다. 간호사는 그대로 전화를 끊었다.

— 병원비 정산도 제가 할 거고 퇴원 수속도 제가 밟을 거예요. 그냥 퇴원시켜 줘요.

— 집에 전화해 놨으니 일단 기다려 봐.

— 올 사람 없다니까요. 나 동생이랑 둘이 살아요. 엄마, 아빠 같은 거 없다구요.

— 어쨌든 의사 선생님께 지시를 받아야…….

— 지금 퇴원 안 시켜 주면 도망갈 거예요.

간호사는 온몸의 진이 다 빠지는 기분이다. 정식 입원도 아니고 응급실이니 퇴원시키는 건 어렵지 않다. 병원비만 정산하고 나가면 그만이다. 하지만 마음에 걸리는 것이 너무 많다. 산부인과로 이송해 이런저런 조치를 취해 주고 싶은데 본인이 완강히 거부하니 수가 없다.

데스크로 돌아오자 어린 조무사들이 어깨를 붙이고 숙덕거린다. 원조 교제하다가 실컷 얻어맞은 거 아니에요? 요즘 그런 애들 많잖아요. 간호사는 다시 한 번 해정의 휴대폰으로 받지 않는 번호들을 눌러 본다.

뒤늦게 병원에 도착한 사람은 선주다.

해정은 너무 많이 맞은 진통제 탓에 몽롱해진 눈으로 선주를 본다. 다행히 해수는 보이지 않는다. 여기 어쩐 일이세요? 해정은 입을 떼다 말고 오늘이 월요일이라는 사실을 기억해 낸다. 월요일 오후 5시. 선주의 상담 시간은 확실히 그랬다.

—들어오다 대충 얘기 들었어. 퇴원하고 싶어 한다며?

—…… 이왕 왔으니 나 퇴원 좀 시켜 줘요.

—정밀 검사를 해 보는 게 좋겠대. 머리 사진도 찍고 장기가 괜찮은지도 봐야 하고.

—필요 없어요.

—간호사가 경찰이니 성폭행이니 난리를 피우고 있던데. 성폭행은 아니지?

—…….

—모르는 사람한테 맞았다고 하던데, 그것도 아니지?

—…… 퇴원할래요.

—검사를 다 끝내야 퇴원을 하지.

─검사 안 받을 거예요.

─왜, 이것 때문에?

선주가 가방에서 비닐에 싼 플라스틱 막대를 꺼낸다. 두 개의 붉은 줄이 선명하게 떠올라 있는 임신 테스트기다. 이런 거 화장실에 함부로 버리면 안 돼. 해수가 보잖아. 선주가 태연한 목소리로 말한다.

─이대로는, 안 되지 않겠어?

해정이 손바닥으로 얼굴을 덮는다. 앙상한 손가락에 매달린 석고붕대는 안쓰럽다기보다 우스꽝스럽다. 키득거리던 선주가 작게 헛기침한다.

응급실은 부산스럽다. 서툴러 보이는 어린 의사들이 가운이 더러워진 줄도 모르고 침대 사이를 뛰어다닌다. 환자와 보호자의 입이 연신 벌어지고 간호사가 든 은색 쟁반이 덜그럭거리는데, 해정의 침대 근처만 유독 고요하다. 고작 커튼 한 장으로 해정은 그들과 완전히 격리된 듯하다.

─니 잘난 척이 어디까지 통할 것 같아?

─잘난 척하는 거 아니에요.

─그럼 고집이겠지. 쓸데없는 오기, 자존심 뭐 그런 것들.

선주는 어쩐지 통쾌한 기분이다. 본드에 녹은 수수깡처럼 너덜너덜해진 해정의 몰골이 우스워서 참을 수가 없다.

─너 혼자 잘할 수 있다던 게 고작 이거야? 너는 응급실

에 누워 있고 해수는 학교도 안 가고 집에만 숨어 있지. 그뿐이야? 모텔에 임신에 폭력적인 남자와도 관계가 있어. 게다가 그 남자 니 또래도 아니지? 누구에게도 말 못 할 상황을 만들어 가는 건 바로 너야. 이게 잘되어 가고 있는 것 같아?

— 잘돼 가는 게 뭔데요? 도대체 어떤 게 잘돼 가는 건데요? 응급실에 좀 누워 있으면 어때요. 이깟 손가락 한 달이면 다 나아요. 임신? 돈만 있으면 얼마든지 해결할 수 있어요. 그리고 해수 학교요? 그깟 학교가 대수예요?

해정의 목소리가 거칠게 울린다.

낮게 말할 때는 몰랐는데 목이 잔뜩 쉰 상태다. 해정이 붕대 감긴 목을 움켜쥐고 쥐어짜듯 말할 때마다 맷돌 가는 소리 같은 것이 딸려 나온다. 터진 광대, 흐느끼는 어깨, 불안하게 흔들리는 링거 줄에 선주는 일말의 동정심도 느끼지 않는다. 건방진 꼬맹이의 말로란 고작 이거다. 추잡스럽고 유치하기 짝이 없다. 그런 주제에 아직도 이를 드러내고 있는 꼴이라니.

— 학교에 간다고 사람이 제대로 되는 건 아니잖아요? 아빠도 좋은 학교들만 줄줄이 나왔지만 결국 변태가 됐어요. 자기뿐 아니라 자식들까지 전부 망치는 변태가.

— 그래서, 넌 지금의 니가 자랑스럽니? 해수를 여기로 불러도 될 만큼 자랑스러워? 자아, 해수야. 이것 보렴. 니 누나

는 지금 원조 교제하던 남자에게 두들겨 맞고 여기 입원해 있는 거란다. 놀라지 말렴, 누나 배 속에는 사랑스러운 니 조카가 들어 있다지 뭐니. 이런 참, 두들겨 맞는 바람에 벌써 죽어 버렸는지도 모르지만 말이야.

해정의 얼굴이 새하얗게 질린다.

— 이렇게 말해도 된다는 거야?

의기양양한 목소리가 점점 높아진다. 단단한 유리 벽처럼 느껴지는 침묵이 사실은 커튼 한 장으로 가려진 얄팍한 속임수일 뿐이라는 것을 선주는 모르고 있다. 사방의 귀와 눈이 선주와 해정에게 쏠려 있음도 깨닫지 못한다. 단지 이겼다, 라고 선주는 생각한다. 이 꼬맹이의 알량한 자존심을 드디어 박살 내 버렸다고 신이 나 있다.

선주가 해정의 어깨를 꽉 움켜잡는다.

— 그럴 수 있다는 거야?

— 나는…….

해정이 다시금 숨을 헐떡거린다. 하지만 아까처럼 과호흡을 일으킬 정도는 아니다. 혼란 때문에 일시적으로 흐트러진 숨이다.

선주의 손이 닿은 어깨가 타는 것처럼 뜨겁다. 아주 오랫동안, 박기영 외에 해정의 몸을 만진 사람은 없었다. 체온이 전해질 만큼 손바닥을 마주 대 온 이도 없었다. 흐리고 가느다

란 울음소리가 해정에게서 흘러나온다. 그리고 동시에, 해정
은 선주가 바라 마지않던 말을 토해 낸다.

— …… 도와줘요…….

— …….

— 제발…… 도와주세요…….

해정이 선주의 가슴으로 파고든다. 안기는 방법을 몰라 어
색하게 굳어 있는 어깨다. 그런 어깨를, 필사적으로 밀어붙이
며 해정이 울고 있다. 선주는 머리끝까지 고조된 기분으로 그
런 해정의 어깨를 그러안는다. 그러면서 일이 귀찮게 되어 버
렸다는 사실을 비로소 깨닫는다.

해정이 꺽꺽거리며 우는 동안 선주는 과연 어디까지가 자
신이 선불로 받은 상담료에 해당하는 일인지 가늠해 본다. 아
무래도 추가분을 받아 내야 될 것 같다.

헬로 베이비

전철이 막 온수역을 통과하고 있다.

불안한 눈으로 역을 확인하던 해수가 얼른 고개를 숙인다. 수요일 오후 3시. 전철 안은 더없이 한산하다. 물통 달린 배낭을 멘 등산복 차림의 노인들이 타고 내리는 것을 제외하면 객실 한 칸에 너덧 명 앉아 있는 게 전부다.

해수는 끈을 꽉 조여 묶은 자신의 운동화를 들여다보고 있다. 긴 의자를 하나씩 차지하고 앉은 사람들은 멍하니 창밖을 보거나 잠들어 있다. 그런데도 해수는 고개를 들지 못한다. 운동화 끈의 조밀한 격자무늬를 계속 노려보고 있을 뿐이다.

의자 아래서 뜨거운 스팀이 뿜어져 나온다. 해수가 땀에 젖은 이마를 손등으로 문질러 닦는다. 그러면서도 코밑까지 올려 묶은 목도리는 풀지 않는다. 올이 성기고 굵은 목도리에 뜨거운 숨이 방울방울 맺힌다.

더없이 간단한 외출이었다. 예정대로라면 지금은 전자 상가에서 게임팩을 고르고 있을 시간이다. 전철로 10분가량 걸리는 전자 상가는 함께 게임하던 플레이어가 가르쳐 준 곳이다. 게임팩을 싸게 해 줄 테니 자기가 일하는 곳에 놀러 오라던 플레이어는 정작 해수가 찾아가자 당황한 기색을 감추지 못했다. 초딩이었어? 플레이어의 말에 해수는 헤실헤실 웃어 버렸다.

타는 곳과 내리는 곳만 정확히 알고 있다면 전철은 비교적 손쉬운 이동 수단이다. 표지판을 따라 걷기만 하면 되는 것이다. 해수는 몇 번이나 표지판과 방향을 확인하며 전철역 승강장에 섰다.

아이들 무리와 마주친 건 우연이었다.

계단 위가 유난히 시끄럽긴 했다. 하지만 그것이 같은 학교 동급생들 소리일 거라곤 상상도 못 했다. 소풍이나 야외 활동이 있었는지 하나같이 체육복에 배낭을 멘 모습이었다. 차례로 내려가세요, 뛰지 마세요, 거푸 외치는 선생님들 목소리도 들렸다. 아이들은 성난 황소 떼처럼 승강장으로 뛰어내려 왔다. 아래서 그들을 올려다보는 형국이었던 해수는 앞장서 내려오는 커다란 몸집의 아이를 보고 하마터면 비명을 지를 뻔

했다.

승강장에 내려온 아이들이 사방팔방 뛰어다녔다. 긴 줄 꼬리가 아직 계단에 남아 있어 선생님들은 코빼기도 보이지 않았다. 다른 통로를 이용해 개찰구로 올라가자니 위에 남은 아이들과 마주칠 것이 두려웠다. 해수는 허둥대며 자판기 뒤로 숨었다. 아이들 중에 낯익은 얼굴이 여럿 섞여 있었다. 아이들이 더 다가온다면,

철로로 뛰어내리자, 해수는 결심했다.

마침 전철 한 대가 승강장으로 들어왔다. 아이들은 반대 방향으로 가는지 들어오는 전철에 관심조차 두지 않았다. 해수가 몸을 날리듯 전철에 올라탔다. 행선지를 확인할 필요조차 없었다. 단지 그들과 멀리, 아주 멀리 떨어지는 것만이 해수가 할 수 있는 모든 생각이자 바람이었다.

앞장선 커다란 아이는 분명 용태였다.

해수는 용태의 얼굴을 정확히 기억하고 있다. 얼굴뿐 아니라 말린 사과 껍질처럼 얇은 귀, 오른쪽이 확연히 내려앉은 어깨, 투박한 손바닥 같은 것도 전부 기억한다. 다른 사람도 아닌 유용태 아닌가. 토할 것처럼 속이 울렁거리고 배 속이 부글부글 끓는다.

용태와는 무려 3년이나 같은 반이었다.

새로 지은 학교라 학급 수가 얼마 안 된다고는 해도 굉장

한 인연이라고 생각했다. 해수는 용태의 시원시원한 성격이나 커다란 몸집 같은 것이 부러웠다. 주눅 들지 않고 하고 싶은 말을 실컷 내뱉는 것도 좋았다. 발야구나 축구를 할 때 작고 체력이 형편없는 해수를 자기편으로 넣어 주는 어른스러움, 세심함, 그 모든 것들이 동경의 이유가 되었다. 용태는 책상이나 교탁 위, 복도, 운동장 모든 곳을 뛰어다녔다. 그런 그를 따라다니는 것만도 해수에게는 큰일이었다

용태가, 아이들이 변한 것은 순식간이었다.

이상하다는 생각은 했다. 아침부터 유난히 운이 없는 날이었다. 학교 앞 횡단보도에서 가방이 떠밀려 넘어지고 실내화를 갈아 신을 땐 모래 세례를 받았다. 청소 도구함에 처박혀 있는 미술 용구를 발견했을 때는 저절로 눈물이 날 지경이었다. 우울한 기분으로 수업을 받고 나니 용태가 축구를 하자며 부르러 왔다. 아무도 말을 걸어 주지 않던 차라 해수는 용태에게 와락 매달리고 말았다.

평소와 비슷한 축구 시합이었다. 다만 아이들이 축구공으로 해수를 선택했다는 점이 달랐다. 골대 안에 차 넣은 공은 시합 중간부터 꼼짝도 하지 않았다. 처음엔 무리하게 태클을 거는 정도였던 아이들 발이 점점 거칠어졌다. 해수가 공을 가지고 있든 말든 신경 쓰지 않았다. 정강이와 엉덩이를 걷어차이며 마구 떼밀린 해수가 골대에 닿자 용태가 큰 소리로 선언

했다. 골인!

─니네 아빠 변태라며?

아이들 중 하나가 히죽거리며 물었다. 사방에서 뻗은 발이 허벅지며 등을 퍽퍽 걷어찼다.

─찜질방에서 고등학생 누나 엉덩이 만지다 경찰서에 끌려 갔다면서?

─용태한테 다 들었어, 걔네 엄마가 경찰서에서 다 봤다더라.

─변태 새끼.

용태가. 해수는 두 팔로 얼굴을 감싼 채 울먹였다. 용태는 왜 하필 그런 말을 애들에게 했을까. 아이들이 놀리는 것보다 용태가 그랬다는 사실이 더 충격이었다. 그 말을 증명이라도 하듯 용태는 멀찍이서 팔짱을 낀 채 구경만 하고 있었다.

─난 처음부터 이 새끼 맘에 안 들었어. 계집애같이 샐샐 거리면서 용태한테 들러붙어서는 주제 파악도 못 하고. 축구 할 때 공이나 주우러 다니는 주제에.

─노는 것도 계집애들하고 놀면 될 거 아냐, 저 구석에서.

해수는 골대에 쪼그려 앉았다. 무릎 사이에 단단히 얼굴을 박고 손으로는 뒤통수를 감쌌다. 뭔가 오해가 생긴 게 틀림없 었다. 그날 지구대에서 해수를 알아본 사람은 용태의 엄마가 아니었을 것이고, 소문을 낸 것도 용태가 아니었을 것이다. 어 쩌면 아빠도 그날 오해가 생겨 경찰서에 간 건지도 모른다. 지금 이 순간이, 오늘이 지나고 나면 용태는 커다란 손바닥을 내밀며 사과해 올 게 분명했다.

다음 날이 되자 아이들은 전날 운동장에서의 일이 아무에게도 알려지지 않았다는 사실에 안도했다. 해수는 해수대로 선생님에게 이야기할 수 없었다. 맞았다는 이야기를 하려면 왜 그랬는지도 말해야 할 텐데 도무지 그럴 용기가 나지 않았다. 집은 언제나처럼 비어 있었고 누나는 한밤중에 돌아왔다. 밤새 끓는 열에 뒤척이고서도 해수는 꿋꿋이 학교에 갔다. 용태를 만나기 위해서였다.

— 나한테 말 걸지 마, 변태가 옮는다.

용태의 말에 주변을 둘러싼 아이들이 깔깔대고 웃었다.

— 니 아빠니까 너도 변태일 거 아냐. 뭐야, 너도 그 찜질방에 있었냐?

— 아빠랑 같이 누나들 엉덩이 만지러 다닌 거 아냐?

— 계집애같이 하고 다니는 것도 다 그 이유였구먼. 언니, 언니 하면서 말이야.

— 아, 아니야, 나는…….

— 시끄러워, 새꺄.

먼저 머리통을 내리친 건 용태였다. 용태가 없을 때는 놀림을 받을지언정 직접적으로 얻어맞는 일이 드물었다. 아이들은 해수 주위를 빙빙 돌며 용태가 먼저 뭔가 시작해 주기를 기다리는 눈치였다. 그러다 시작 사인이 떨어지면 너나없이 달려들어 해수를 때렸다.

괴롭힘은 차츰 범위를 넓혀 갔다.

교과서 페이지를 접착제로 붙이고 가방 안에 급식 우유를 쏟아붓는 건 예사였다. 수업 시간이면 뒷자리에 앉은 아이가 해수의 등판 가득 매직으로 낙서를 했다. 해수는 등에 목욕탕 표시가 잔뜩 그려진 채 혼자 집으로 돌아갔다. 하굣길에 용태와 마주치면 어김없이 얻어맞았다. 운동장 복판에서 바지가 벗겨진 것도 벌써 여러 번이었다. 해수는 화장실 창문을 타 넘어 강당 뒤 나무 울타리 사이로 학교를 빠져나갔다.

—야, 꼬마 변태가 여기 있다아아!

나무 울타리로 빠져나가는 해수를 붙잡은 건 같은 반 여자아이였다. 여자아이들이 금세 해수를 삥 둘러쌌다. 어느 틈엔지 반 아이들은 똘똘 뭉쳐 해수를 밀어내고 있었다.

—변태는 무조건 감옥에 가야 돼.

—우리 엄마가 변태 근처에도 가지 말랬어. 병 옮는다고.

—너, 몰래몰래 우리 엉덩이도 만졌던 거 아니야?

—변태! 병신!

변태는 어디가 아픈지도 모른대. 나무 울타리에서 끌려온 해수를 보며 용태가 말했다. 시원시원하게 벌어지던 입술이 야비하게 비틀려 있었다.

─검색창에 변태라고 쳤더니 우웩, 완전 더럽더라. 변태는 파리채로 맞아도 좋아한다던데 정말이야?

─몰라, 그런 거!

─니네 아빠한테 해 볼 순 없으니 너한테 해 보면 알겠지. 야, 너네도 궁금하지?

─저 자식 암만 때려도 울지도 않잖아.

─변태니까.

용태와 아이들이 끌고 간 곳은 공원 공중화장실이었다. 이른 오후라 공원에는 사람이 적었다. 사탕 껍질처럼 커다란 태권도복을 입은 아이들이 무료한 얼굴로 사다리에 매달려 있다가 학원 차가 오자 일제히 달려갔다.

─시끄럽게 굴면 죽을 줄 알아.

용태가 실과 시간에 쓰는 가위를 꺼내 들었다. 날이 무디고 짧은 손가위였지만 해수는 꼼짝도 할 수 없었다. 벌써 여러 차례 그것으로 머리카락이며 옷이 잘린 탓이었다. 용태가 옆 아이에게 가위를 건네고 해수 바지를 벗겼다. 꼬마 기관차 토머스가 그려진 팬티를 보고 아이들이 또 와르르 웃었다.

내가 다 봤어. 니들은 그런 거 본 적 없지? 용태가 의기양양하게 말했다. 사뭇 자랑스러움이 묻어나는 말투였다.

─변태들이 뭘 하는지 내가 어제 다 봤다니까.

공원 화단에서 뽑아 온 주먹만 한 돌이 용태 옆에 놓였다.

해수는 빼앗긴 팬티를 찾아 두리번대다 연거푸 머리를 맞았다. 가만 안 있으면 가위로 찔러 버린다. 옆에 선 아이가 괜히 신이 나 떠들었다. 바닥에 엎드린 해수를 깔고 앉은 용태가 돌멩이를 집어 들었다. 엉덩이를 보고 깔깔거리던 여자애 둘이 놀란 얼굴로 침을 삼킨 건 그때였다.

—뭐야, 이거. 인터넷에서는 쑥쑥 들어가던데.

항문에 돌멩이를 찔러 넣던 용태가 짜증을 냈다. 파들파들 떨리던 해수 몸은 이제 젖은 휴지 조각처럼 늘어져 있었다. 엉덩이와 허벅지가 흙가루와 피로 엉망이었다.

—야, 야, 저 자식 운다.

—핸드폰으로 찍어 버려, 똥구멍까지 다 나오게.

굳었던 아이들이 다시 복작대기 시작했다. 그러나 상기된 뺨이나 어지럽게 흔들리는 눈은 좀처럼 해수 쪽을 향하지 않았다. 어색함을 숨기느라 아이들은 더욱 분주해졌다. 나무 울타리에서 해수를 발견하고 소리쳤던 여자아이가 휴대폰을 꺼냈다. 지, 진짜 꼴불견이다. 첫 번째 촬영 음이 터지자 다른 아이들도 주섬주섬 휴대폰을 꺼내 들었다.

쳇, 재미없어. 용태가 돌멩이를 내던지며 일어섰다. 어쩐지 안도에 가까운 숨이 사방에서 흘러나왔다.

—너, 어른들한테 이르면 이 사진 인터넷에 올려 버릴 거야.

—그, 그래! 전교생한테 다 전송해 버리고!

―알아서 입 닥치고 있어라. 응?

그냥 두고 가자. 용태가 하는 말에 추임새를 넣던 아이들
이 서둘러 밖으로 나갔다. 검게 젖은 돌멩이가 해수 코앞에
떨어졌다.

해수는 엉금엉금 기어가 화장실 문부터 잠갔다. 더러운 바
닥 때문에 토기가 올라왔지만 기는 것 외엔 다른 방법이 없
었다. 문밖은 조용했다. 다행히 용태나 아이들이 다시 돌아오
는 기색은 없었다.

밤이 될 때까지 해수는 화장실에 숨어 있었다. 문 두드리
는 소리가 들리면 주먹으로 입을 틀어막고 버텼다. 울음을,
숨을 참으며 해수는 결심했다. 다시는 학교에 가지 않겠다고,
어떤 일이 있어도 그들과 마주치지 않겠다고. 가능하다면, 가
능하기만 하다면 해수는 이대로 변기 구멍 속으로 빨려 들어
가 영영 사라져 버리고 싶었다.

흠뻑 젖은 바지를 입고 해수가 집으로 돌아온 건 새벽녘이
었다. 아스팔트 길에서 얼마나 굴렀는지 바지 무릎이 하얗게
해져 있었다. 온몸에 밴 오물 냄새가 코를 찔렀다. 해수는 몸
을 둥글게 말고 신발장 옆에 쓰러졌다. 그토록 기를 쓰고 돌
아왔건만 집은 여느 때처럼 어둡고 텅 비어 있었다.

집에서 멀어질수록, 용태와 마주친 곳에서 멀어질수록 마

음이 편안해진다. 해수가 부은 눈가를 북북 문지른다. 전철 안에는 여전히 뜨거운 공기가 빽빽하게 들어차 있다. 언제 내렸는지 맞은편에 있던 사람들이 사라지고 없다. 몸을 조금 옆으로 틀려는데 팔꿈치에 뭔가가 걸려 바스락댄다.

이게 뭐지? 해수가 살그머니 눈을 돌려 옆을 확인한다. 대형 마트 로고가 커다랗게 찍힌 주황색 비닐봉지가 해수 옆에 붙어 있다. 해수가 앉을 때만 해도 이 의자에는 아무것도 없었다. 누가 놓고 갔는지도 모르겠다. 모를 수밖에 없다. 해수는 몸을 반으로 접은 채 꼼짝도 하지 않았던 것이다. 비닐봉지는커녕 사람이 옆에 앉았었는지 아닌지조차 모호하다.

둥글게 부푼 봉지는 손잡이 부분이 성기게 묶여 있다. 안에 든 것은 커다란 신발 상자다. 해수가 비로소 목을 빼고 주위를 살핀다. 객실 안에는 대각선 끝자리에 가죽 가방을 끌어안고 잠든 남자 하나뿐이다.

누가 신발을 사서는 두고 내린 걸까. 생각해 보니 자신의 운동화 앞을 검고 둥근 구두코가 스쳐 지나간 것도 같다. 아주 작고 납작한 구두가.

해수는 비닐봉지에서 떨어졌다가 다시 다가앉기를 반복한다. 신경 쓰지 말자는 마음에 물러났다가 호기심에 다가서고 마는 것이다. 창밖으로 휙휙 지나가는 건물 유리창에 햇빛이 반사되어 날카롭게 눈을 찌른다. 시선 끝이 자꾸 주황색 비닐봉지에 닿는다.

비닐봉지 안에서 작은 울음소리가 흘러나온다.

해수의 눈이 둥그렇게 커진다. 신발이 아니라 고양이었나?
전철이 덜컹이며 천장에 매달린 손잡이가 일제히 술렁거린다.
울음소리가 다시 한 번 흘러나온다. 흐리고 연약한 고양이 울
음소리다. 가죽 가방을 끌어안은 남자는 깨어날 기미조차 없
다. 때마침 뿜어 나온 스팀이 해수 종아리를 뜨겁게 달군다.

매듭은 보기만큼 쉽게 풀린다.

비닐봉지 젖히는 소리가 생각보다 커 해수는 저도 모르게
가죽 가방 남자의 눈치를 본다. 안경 낀 남자 얼굴이 가방에
눌려 완전히 찌그러져 있다. 사각 골판지는 확실히 신발 상자
다. 길게 꼬리를 뽑은 나이키 마크가 한가운데 박혀 있다. 상
자 끝이 들떠 있는 게 무언가에 걸려 뚜껑이 덜 닫힌 것 같
다. 벌어진 틈으로 울음소리가 흘러나온다.

해수는 가만가만 뚜껑을 두드린다. 덩달아 가냘픈 울음소
리가 점점 더 커진다. 시야 저쪽으로 잠에 취한 남자 머리가
기어코 고꾸라지는 게 보인다. 가죽 가방이 제법 큰 소리를
내며 바닥에 떨어졌는데도 남자는 깨지 않는다. 용수철처럼
이리저리 튕기는 남자 머리를 확인한 해수가 상자 뚜껑을 연
다. 누가 널 여기다 버렸니, 야옹아.

대충 감싸 놓은 수건 끝에 손바닥만 한 머리통 하나가 비

죽 튀어나와 있다. 쭈그러든 얼굴에 샛노란 코. 영화에 나오는 우주 괴물에 가까운 모양새지만 분명 사람이다. 아기다. 해수는 멍하니 상자 안을 들여다본다. 이마 위 얇은 두피가 울음소리에 맞춰 폴락폴락 움직인다. 애애, 하고 벌어진 입속에서 빨간 혀가 파르르 떨리는 게 아무래도 가짜 같다. 진짜일 리가 없다.

전철이 노량진역에 들어선다. 당황한 해수가 상자 뚜껑을 덮어 버린다. 여남은 명의 사람들이 한꺼번에 올라타 자리가 금세 다 찬다. 두꺼운 점퍼에 모자를 눌러쓴 사람들이 대부분이다. 이어폰을 낀 여자가 뛰어와 해수 옆에 앉는다. 덕분에 해수의 몸이 비닐봉지 옆으로 바짝 밀린다. 들릴 듯 말 듯 했던 아기 울음소리가 선명해진 것은 그때다. 객실 안 사람들이 의아한 얼굴로 해수와 그 곁에 놓인 비닐봉지를 흘금거린다.

—그거, 무슨 소리니?

어느 틈에 깨어난 가죽 가방 남자가 해수에게 큰 소리로 묻는다. 바닥에 떨어졌던 가방을 다시 품에 안은 채다. 남자가 흘러내린 안경을 추어올린다. 가방 눌린 자국이 얼굴에 남긴 했지만 완전히 잠에서 깬 듯 뚜렷한 목소리다. 그 바람에 흘금대던 사람들 시선이 일제히 해수에게 몰린다. 숨이 턱 막히며 사방이 핑글핑글 돈다. 올려 맨 넥타이와 은테 안경 때문에 가죽 가방 남자가 꼭 아빠처럼 보인다. 빙 둘러앉은 사람들이 반 아이들로, 용태로 보인다. 객실과 사람들을 이루고 있던 경계선이 사라지고 사방이 하늘까지 죽죽 늘어난다. 길게 늘어난 사람들이 울타리처럼 해수를 둘러싸고 거리를 좁혀 온다. 남자의 가죽 가방이 피 묻은 돌멩이로 변한다. 심장이 터질 것처럼 두근거리고 구역질이 솟는다.

해수가 비닐봉지를 끌어안은 채 달리기 시작한다.

해수는 전철역 나무 의자에 비닐봉지와 함께 앉아 있다. 모든 것이 아득하다. 역으로 들어오는 소요산행 전철이 둥글게 구겨지는가 싶더니 검고 작은 점 속으로 휙 빨려 들어간다. 내내 이런 식이다. 해수는 주위를 빠르게 삼켜 가는 검은 점 속에 홀로 남아 있다. 버스럭거리는 주황색 비닐봉지와 함께.

…… 역입니다. 내리실 문은 오른쪽입니다. 내리실 때는 두고 내리는 물건이 없는지 다시 한 번 살펴…… 분실물은 가까운 경찰서나 역무원에게, 분실물 센터는 구로…….

안내 방송에 섞여 있던 말들을 해수는 조각조각 떠올린다. 아기도 분실물이 될 수 있는 걸까. 그래도 일단 경찰서에, 아니 역무원에게 가 봐야…… 비닐봉지를 들고 일어서던 해수가 주춤한다. 그래도 아기인데 비닐봉지에 넣어 가면 안 될 것 같다. 하지만 아기 부모가 이렇게 넣어 왔으니 괜찮을 것 같기도 하고. 망설이던 해수가 결국 비닐봉지를 내려놓는다.

신발 상자를 열자 얼굴이 더욱 새빨개진 아기가 비명 지르듯 울어 댄다.

해수가 아기 몸을 들어 올린다. 아기는 생각보다 훨씬 가벼워 덜렁 손 위로 올라온다. 뒤로 젖혀진 목이 부러질 것 같다. 발버둥 치느라 벗겨진 수건 사이로 나무젓가락 같은 발이 튀어나온다. 울컥 눈물이 솟는다. 해수 또한 그랬다. 비닐봉지에 싸여 이렇게 발버둥 쳤었다. 아무도 도와주지 않았지만.

용태와 아이들은 종종 해수 얼굴에 검은 비닐봉지를 뒤집어씌웠다. 비닐봉지를 목에서 묶은 뒤 숨이 막혀 버둥거리는 걸 구경하기도 했다. 코와 입에 비닐이 빨려 들어와 들러붙을 때면 오줌이 줄줄 샐 정도로 무서웠다. 무겁고 새까만 어둠이, 목을 물어뜯는 것 같은 통증이 그 안에 있었다. 비닐봉지 안을 휘도는 것은 거대하고 압도적인 공포뿐이었다.

—내가 도와줄게.

찬바람에 놀란 아기가 울음 대신 딸꾹질을 시작한다. 해수는 아기를 무릎 위에 놓고 황급히 자신의 목도리를 풀어 아기를 감싼다. 코트 안에 아기를 넣어 꽉 껴안은 해수가 반대편, 집으로 돌아가는 전철을 타기 위해 몸을 돌린다. 등받이 없는 나무 의자에 버려진 대형 마트 비닐봉지가 바람에 날려 철로 위로 떨어진다.

*

아기의 잠은 길고 깊다.

해수는 아기 옆에 꼭 달라붙어 누워 있다. 아기의 작은 가슴이 가만히 솟았다 내려앉는 것이 보인다. 납작한 코에 톡 튀어나온 입을 가진 아기다. 눈썹은 하나도 없다. 해수는 아기의 빨갛고 납작한 귀를 만지작거린다. 손이나 발도 만지고 싶지만 아기 몸이 얇은 이불에 꽁꽁 싸인 채다. 팔다리가 나와 있으면 아기가 놀라서 안 돼. 도우미 아줌마는 아기를 얇은 면 이불로 꽉꽉 싸며 말했다. 이불에 돌돌 말린 아기 몸은 애벌레처럼 기이하다.

—그 앤 누구니?

도우미 아줌마는 의심스러운 목소리로 몇 번이나 물었다. 그러나 아기를 이불에 싸서 따뜻한 방에 눕히는 동작만큼은 빈틈이 없었다. 기저귀와 분유, 우유병 같은 것을 사 온 것도 도우미 아줌마다. 주웠어요. 해수는 도우미 아줌마가 바쁘게 움직이는 동안 작게 말해 본다. 전철을 타고 가다가, 비닐봉지 안에 들어 있는 걸 주웠어요.

그것은 사실이지만 전혀 사실같지 않다. 뜨거운 물을 보온병에 담아 오던 도우미 아줌마가 해수에게 다시 묻는다.

—어떻게 된 거야? 앤 누구니?

―…… 동생이에요.

―동생?

해수는 문득 튀어나온 말에 놀라 제풀에 뒤로 물러선다. 전철을 타고 가다가, 비닐봉지 안에 든 걸 주웠어요. 그렇게 바꿔 말하려는데 얼굴이 홧홧해 온다. 변태 아빠도, 비닐봉지에 담긴 채 버려진 아기도, 이런 게 사실이라면 차라리 없어지는 게 낫다. 웅얼대던 해수의 입안에서 동생이라는 단어에 묘한 힘이 실린다. 동생. 그래, 내 동생. 해수가 힘껏 고개를 끄덕인다.

―맞아요. 내 동생이에요.

―동생을 왜 해수가 안고 들어와? 그것도 이렇게…… 좋아. 그럼 엄마는?

―엄마는 없어요. 도망갔어요. 그래서 내가 데려온 거예요. 동생이니까, 내가 키우려구요.

도우미 아줌마가 기이한 표정으로 침묵한다.

사장이 부산에 있다는 사실은 알고 있다. 여자는 바람이 난 모양이라고, 제대로 집에 있는 꼴을 본 적이 없다고 동네 아줌마들이 수군대는 소리도 들었다. 어린 여자가 오죽 좋으면 그런 짓을 하러 다니겠어. 남편은 성추행범에 마누라는 젊은 놈이랑 바람나고, 돈이 암만 많으면 뭐해, 집안 꼴이 개꼴인걸. 재활용품 분리수거장에서 만난 아줌마들은 득의양양하게 떠들어 댔다.

동네 소문을 증명이라도 하듯 여자는 지난달 짐을 싸서 나가 버렸다. 다람쥐 같은 얼굴로 강중강중 걷는 여자였다. 해수를 방 안에 밀어 넣은 여자는 커다란 여행 가방 세 개에 옷이며 핸드백 들을 챙겨 넣었다. 화장대와 욕실 수납 장까지 싹 비워 냈다. 액세서리와 구두가 잔뜩 든 박스를 들고 따라오라고 시켰기 때문에 도우미 아줌마는 그 일을 분명히 기억하고 있었다.

그 여자라면 아기를 내던지고 가는 일도 충분히 할 수 있으리라고 도우미 아줌마는 결론 내린다. 아무려면 어때. 나머지는 이 집 사람들이 알아서 하겠지. 자신이 할 일은 정해진 시간만큼 정확히 일해 주는 것이다. 도우미 아줌마가 무릎에 앉은 분유 가루를 툭툭 털고 일어선다.

— 일단 아기 분유부터 먹이고, 누나 오면 다시 얘기하자.

해수는 도우미 아줌마가 아기 돌보는 모습을 유심히 살핀다.

우유병에 분유를 두 스푼 넣고 뜨거운 물을 조금 부어 녹인 뒤 찬물을 섞어 미지근하게, 왼팔로 아기를 감아 손바닥으로 엉덩이께를 받친 뒤 우유병을 물리고, 토닥토닥, 다 먹인후 곧추세워 등을 토닥토닥. 기저귀 갈기는 좀 복잡해 보이지만 닥치면 못 할 것도 없다.

동생이라는 말을 내뱉은 뒤부터 해수는 아기가 정말 자신

의 것처럼 느껴지기 시작한다. 버려진 걸 주웠으니 그냥 가져
도 괜찮을 것 같다. 누나에게는 도우미 아줌마에게 한 말과
똑같이 하면 통할 것이다. 엄마가 동생을 낳아 놓고 도망갔어.
어차피 엄마는 돌아오지 않으니 거짓말을 들킬 염려도 없다.

내 동생이야. 엄마가 동생을 낳아 놓고 도망갔어. 해수는
해정에게 할 말을 몇 번이나 연습한다. 그러나 해정은 도우미
아줌마 일 끝나는 시간이 한참 지나도록 돌아오지 않는다.

―우리 애들 밥도 줘야 하니 마냥 기다릴 수는 없고.

8시가 넘어가자 도우미 아줌마가 아기를 놓고 일어선다.

―아까 아줌마가 분유 타는 거 봤지? 아기가 입을 이렇게
오물대면서 울면 분유 타서 먹여. 손가락으로 볼을 눌러 봐
서 아기 입이 따라오면 배가 고픈 거야. 혀로 젖꼭지를 밀어내
면서 울면 기저귀 갈아 주고. 할 수 있겠어?

―네.

―우는 거 달래 준다고 너무 세게 흔들어도 큰일 나. 아기
뇌는 순두부같이 연해서 함부로 출렁출렁하면 바보 돼. 알아
듣지?

―머리 위에 숨구멍 있으니까 꽉 누르지 말고, 혹시라도
열이 나면 얼른 이불로 싸서 병원에 가. 아유, 도대체가 이 집
은…… 아무튼 아기 안다가 절대로 떨어뜨리면 안 돼. 잘 때
는 만지지 말고 가만 내버려 둬, 아기들은 잠 많이 자야 돼.

처음과 달리 아기 이마는 발그스름해져 있다. 손발과 얼굴이 빨간 것도 여전하지만 아기는 원래 다 그런 건지도 모른다.

도우미 아줌마가 돌아간 뒤 아기는 딱 한 번 잠이 깨 칭얼댄다. 바닥이 드러날 때까지 우유병을 빨고 턱에 우유 방울을 묻힌 채 곯아떨어진다. 잠자고 있는 아기 얼굴은 평온하고 행복해 보인다. 그걸 들여다보는 것만으로도 기분이 좋아진다. 해수는 붉고 반질반질한 아기 머리를 몇 번이나 쓰다듬는다. 흔적조차 없는 눈썹처럼 아기 머리에도 털이 하나도 없다. 폴락폴락 움직이는 숨구멍에 해수는 가만히 뺨을 댄다.

내가 지켜 줄 거야.

해수가 아기를 꼭 끌어안는다. 몽글몽글한 살이 닿을 때마다 가슴이 간지럽고 웃음이 새어 나온다. 더없이 환하고 따뜻한 밤이다.

타인의 얼굴

처음 느낀 것은 묘한 위화감이다.

안방은 깨끗이 정리되어 있다. 젖은 수건이나 벗어 놓은 양말 같은 건 물론 없다. 먼지가 쌓여 있지도, 바닥이 젖어 있지도 않다. 해정은 거울이 약간 흐려진 화장대와 매트리스가 드러난 킹사이즈 침대를 천천히 살펴본다. 언젠가 모텔 로비에서 맡았던, 구역질 날 정도로 청량한 방향제 냄새가 방 안을 떠돌고 있다.

해정은 가만가만 걸음을 뗀다. 왜 갑자기 안방에 들어온 건지 자기도 모르겠다. 항상 닫혀 있는 문 안에 누군가가 돌아와 있는 건 아닐까 생각했을 뿐이다. 문을 열었을 때 자신을 맞이하는 것이 이렇게 낯설고 기괴한 침묵일 줄은 몰랐다.

잠시 망설이던 해정이 붙박이장을 열어 본다.

장 안은 텅 비어 있다.

빼곡히 걸려 있던 와이셔츠, 속이 환히 보이는 철제 서랍 장 안에 든 속옷과 양말, 구분하기 쉽게 말려 있던 색색의 넥타이, 세탁 비닐 안에 들어 있던 철 지난 슈트. 무엇 하나 남아 있지 않다. 옷걸이마저 완벽하게 사라진 붙박이장은 처음 짰을 때 그대로다. 해정이 다시 옆 칸으로 옮겨 가 문을 연다. 화사하게 반짝거리던 엄마 옷과 수납 장이 모자랄 만큼 넘치던 가방이 모두 사라졌다. 언제 이렇게, 모두 사라졌을까.

생각해 보면 이상할 것도 없다. 아빠는 빨랫감을 한 번도 집에 가져온 적이 없다. 납작한 가방 하나만 가지고 올라와서는 온갖 짐을 챙겨 내려갔다. 옷은 물론 커피 머신, 테니스 라켓과 골프채 같은 것들까지 전부, 확인해 볼 것도 없이 아빠 몫의 신발장은 실내용 슬리퍼 한 짝 남아 있지 않을 것이다. 이상한 것은 엄마다.

해정이 궁금한 건 엄마가 언제 짐을 챙겨 사라졌을까 하는 점이다. 엄마 옷의 양은 상당했다. 신발장이 모자라 붙박이장 안에까지 신발 상자가 쌓여 있을 만큼 모든 것이 넘쳤다. 그걸 모두 옮기려면 가방 한두 개로는 불가능하다.

집에는 항상 해수가 있었는데 언제 그 많은 물건을 가져갔을까. 해수는 왜 아무 말도 하지 않았을까. 해정의 마음속에 배신감 비슷한 감정이 싹튼다. 그러나 그것이 정확히 누구를 향한 것인지는 알 수 없다.

약속 시간이 다가오고 있지만 해정은 씻는 데만 한 시간 반가량을 소비한다. 비누칠을 세 번이나 하고 면도기로 살의 털을 모조리 민다. 민둥하게 변한 살은 뼈가 툭 튀어나와 이상한 모양을 하고 있다. 해정은 생전 처음 자신의 살을 유심히 살핀다. 털은 길이가 제각각으로 깎여 있다. 면도날에 긁힌 부분이 울긋불긋 부풀어 오르기 시작한다. 피가 날 정도는 아니지만 배꼽 아래까지 난 상처가 괴기스럽다.

해정이 면도기를 뒤집어 살핀다. 누렇게 난 녹이 손잡이까지 번져 있다. 면도기를 휴지로 잘 싼 다음 휴지통에 버린다.

엄마의 화장대는 낮고 편안하다. 폭신한 의자 쿠션이 금세 온기를 머금는다. 등받이가 없는 단순한 디자인인데도 전혀 불편함이 없다. 해정은 의자에 앉아 엄마를 떠올린다. 얼굴 생김새나 취향 같은 건 기억나지 않는다. 짜증 섞인 목소리와 화장품 냄새만이 선명하다. 알록달록하고 현란하던 화장품 용기들, 가볍게 날리는 파우더 입자, 낮게 가라앉아 있다가 몸을 움직이면 쏜살같이 퍼지던 향기.

해정은 몸을 타고 흐르는 선뜩한 기운에 놀라 감은 눈을 뜬다.

거울에 벌거벗은 해정이 비친다. 움푹 꺼진 볼을 머리칼이 엉망으로 덮고 있다. 뺨과 턱에 물이 흘러 바닥까지 뚝뚝 떨어지는데도 해정은 모래사막처럼 황량하고 건조하다.

화장대 위에는 기초 화장품 몇 개와 향수병, 샘플용 아이크림과 속이 딱딱하게 굳은 매니큐어가 남아 있다. 서랍 안에 든 건 마스카라 덩어리가 붙은 면봉 하나뿐이다. 해정은 향이 짙고 매끌매끌한 엄마 화장품을 얼굴에 펴 바른다. 피부색보다 훨씬 짙은 파운데이션이 가면을 뒤집어쓴 것처럼 겉돈다. 목 아래까지 꼼꼼히 바른 뒤에야 해정은 자리에서 일어선다.

수요일 오후 3시. 해정은 중요한 약속을 앞두고 있다.

집을 나서자 맵찬 바람이 정면으로 들이친다. 목도리라도 두르고 나올걸. 해정은 잠시 후회한다. 해정은 계절에 전혀 맞지 않는 진분홍 투피스를 입고 있다. 유일하게 집에 남아 있던 엄마 옷이다. 세탁소 비닐을 뒤집어쓴 엄마 옷을 해정의 옷장에 잘못 넣은 사람이 엄마인지 도우미 아줌마인지 모르겠다. 단지 그 옷을 발견했을 때 이게 좋겠다, 라고 생각했을 뿐이다.

봄가을용 투피스는 형편없이 얇은 데다 치마 길이도 짧다.

지나가는 사람들이 해정의 얼어 터진 다리를 쳐다본다. 걸을 때마다 헐렁한 치마가 옆으로 돌아가는 것도 신경 쓰인다. 해정은 치마허리를 손으로 꼭 쥐고 큰길가에 있는 대형 화장품 가게로 들어선다. 매니큐어로 쌓은 탑이 금방이라도 무너

질 것처럼 기울어 있다.

너무 다양한 색상은 예쁘다기보다 괴이하다. 분홍색과 덜 분홍색과 더 분홍색이 적어도 열 개씩 반복되는 곳에서 해정은 어지러움을 느낀다. 마주치는 거울마다 손톱자국이 선명한 해정의 목을 비춘다. 쇄골 근처에 흩어진 할퀸 자국은 파운데이션을 두껍게 발랐는데도 가려지지 않는다.

해정은 살구색 아이섀도를 목에다 마구 덧바른다. 테스트용 화장품을 꺼내 눈에도 볼에도 입에도 마구 문지른다. 화장품 가게에서 나올 때쯤엔 해정의 온몸이 오색으로 얼룩덜룩하다. 해정은 유리창에 비치는 얼굴을 보며 피식 웃는다. 낯설고 흉측한 것이 익숙함보다 좋을 때도 있다. 지금이 바로 그렇다. 해정은 가능한 한 낯선 얼굴로 약속 장소에 가고 싶다. 이전에도 본 적 없고 앞으로도 결코 만나지 않을, 익숙해지지 않을 얼굴. 자기도 모르는, 다시는 반복되지 않을 타인의 얼굴로.

— 뭐해, 돈 내야지.

해정은 어깨를 치는 투박한 손에 놀라 고개를 든다. 카운터에 앉은 젊은 여자가 해정을 빤히 쳐다보고 있다. 해정이 서둘러 지갑을 꺼내 4만 원을 건넨다. 쯧. 짧게 혀 차는 소리와 함께 여자가 만 원을 도로 내민다. 해정은 벌써 보라색 꽃이 어지럽게 새겨진 융단을 밟고 위로 올라가고 있다. 사람들 발 닿은 곳마다 볼품없게 숨이 죽은 융단이다. 순임이 방 열 쇠를 받으면서 만 원을 잽싸게 주머니에 챙겨 넣는다.

방은 장마철 지하 단칸방처럼 축축하다.

둥글게 부푼 천장 벽지가 통째로 흘러내리고 있다. 불을 켜려고 보니 전등 스위치 주변이 때에 절어 새카맣다. 그곳뿐 아니라 벌레 잡은 자국이 여기저기 찍혀 있는 벽지 자체가 그렇다. 썩을 년, 2만 원이면 떡을 칠 방을 3만 원이나 받아 처먹어. 투덜거리던 순임이 슬쩍 해정의 눈치를 살핀다.

—뭘, 할까요.

해정이 억양 없는 목소리로 묻는다. 순임은 등산 가방을 내려놓은 뒤 큰기침부터 한다.

—우선 돈부터 내야지, 현금으로 15만 원.

돈을 건네자 퉤 소리 나게 침을 뱉은 순임이 열다섯 장을 두 번 세어 확인한다.

—그럼 이제, 뭘 할까요.

—옷도 벗어. 털 깎고 오라는 건 했어?

해정이 희미하게 끄덕인다. 헐거운 투피스를 벗자 추위에 언 새빨간 몸이 드러난다. 비닐하우스 포장용 비닐을 바닥에 넓게 깐 순임이 수건을 차곡차곡 옆에 쌓는다.

—누워.

소리 없이 눕는 해정의 몸은 색깔부터 화려하다. 노랗게 빠지기 시작한 멍부터 심상치 않은 느낌의 피멍까지 요란스럽다. 멍 자국을 살피던 순임의 눈이 파운데이션과 살구색 아이섀도가 덕지덕지 발린 목에 멎는다. 그러고 보니 두껍고 진한 화장이 껍데기처럼 해정의 얼굴을 뒤덮고 있다.

—미친년.

순임이 주사약을 재다 말고 내뱉는다. 마취 주사를 놓지도 않았는데 해정의 눈은 벌써부터 몽롱하다. 비닐이 깔리지 않은 방바닥 위쪽에 아무렇게나 퍼진 머리카락이 아직도 젖어 있다. 순임은 해정의 팔을 찰싹찰싹 때려 핏줄을 세운다.

—미친년. 내가 이 짓 한 지 30년이 넘었어도 너처럼 분칠하고 오는 년은 처음 본다.

해정의 눈이 가만히 감긴다.

*

마취는 진작 풀려 있다.

구멍 난 양말을 깁듯 썩썩 땀을 뜨는 소리가 들린다. 바늘이 몸을 파고드는 감각에 해정은 진저리를 친다. 배꼽 아래가 돌연 뜨거워지더니 굳은 턱이 딱 벌어진다.

─실수로 좀 찢어지긴 했지만 말이야.

바느질을 끝낸 순임이 시험하듯 해정의 아랫도리를 손가락으로 툭툭 튕긴다.

─잘 꿰맸으니까 괜찮아. 별거 아냐.

순임은 해정의 겨드랑 밑에서부터 발끝까지 깔려 있던 두꺼운 비닐을 잡아 뺀다. 비닐과 함께 어느 정도 끌려 내려간 해정의 몸이 젖은 미역처럼 늘어진다. 끝을 얼른 끌어모았는데도 가장자리를 타고 내려간 피가 후드득 쏟아진다.

비닐을 욕실로 옮긴 순임은 해정의 다리에 묶인 밧줄을 풀기 시작한다. 순임이 메고 온 가방에 그렁그렁 얽혀 있던 남색 밧줄이다. 방문 손잡이와 텔레비전에 각각 묶여 있던 다리는 끈이 풀렸는데도 벌어진 모습 그대로다. 순임이 방바닥 닦던 수건을 해정의 엉덩이 아래 받친다. 무지근한 아랫도리에 통증과 함께 한기가 휘돌아 나간다.

어째서일까.

해정은 맨바닥에 누워 박기영을 떠올린다. 도대체 어째서일까. 평범하기 짝이 없는 얼굴, 무뚝뚝하고 정감 없는 말투. 자신을 두들겨 패던 그날을 제외하고서라도 박기영의 좋은 모습 같은 건 조금도 남아 있지 않다. 박기영과의 만남에서 떠오르는 건 처연하고 쓸쓸한 자기 자신뿐이다. 구두 굽이 부러지도록 박기영을 쫓아 달려가던, 내민 손이 뿌리쳐지던, 온기라곤 전혀 없는 모텔 방에 홀로 남겨지던 상처 입은 얼굴. 그런데도 어째서, 그런데도 어째서 여전히.

눈꼬리를 타고 흐른 눈물이 잘파닥잘파닥 물소리를 내며 귓속에 고인다.

— 엄살떨지 말고 엉덩이 들어, 이년아.

수건과 잡다한 물건 들을 욕실로 옮기던 순임이 해정의 발끝을 친다. 단번에 울리는 강렬한 통증에 뼈 마디마디가 도미노처럼 와르를 내려앉는 것 같다. 이번엔 오로지 통증 때문에 눈물이 솟는다.

순임은 해정의 엉덩이 밑에 깔았던 수건까지 빼내 욕실로 들어간다. 문을 열어 뒀는지 요란한 물소리가 여과 없이 들린다. 해정은 조심스럽게 손가락, 발가락을 움직여 본다. 좀처럼 마음대로 되지 않는 몸으로 바닥을 기던 어느 날의 기억이 겹쳐지며 헛웃음이 난다.

욕실 안은 온통 피로 가득하다.

붉은 수건이 욕조 안에 둥둥 떠 있다. 욕실 바닥에 쭈그려 앉은 순임이 비닐에 묻은 피를 솔로 문질러 닦는 중이다. 하수구까지 뻗은 핏줄기가 꼬리에 꼬리를 물고 느릿느릿 움직인다.

— 기운이 뻗치나, 왜 벌써부터 기어 다녀?

— 씨…… 씻고 싶…….

— 지금 물 닿으면 죄 곪아. 수건 하나 줄 테니까 대충 닦고

들어가 자.

순임이 수건 하나를 헹궈 건넨다.

양 발목에 밧줄 자국이 또렷하다. 차가워진 몸을 이불 안에 넣자 졸음이 쏟아진다. 쉰 옥수수 냄새가 나는 눅신눅신한 이불도 해정은 의식하지 못한다. 몸이 보이지 않는 거대한 손에 눌려 바닥으로 가라앉는 것 같다. 머릿속이 멍해지면서 냄새와 소리 같은 것들이 하나씩 사라지기 시작한다. 요란한 물소리도 공기 중에 떠도는 피비린내도 전부 사라져 기어코 검게 명멸하는 의식 속으로 빨려 들어간다.

이명

　―그건 아니야!

　욕실에서 나오던 순임이 펄쩍 뛴다. 거실에 누운 박기영이 큐렛을 자기 왼쪽 귀에 넣고서 막 후비던 참이다. 옷 주워 입을 틈도 없이 달려간 순임이 박기영의 등을 후려친다. 쌍! 고함 소리와 함께 큐렛이 낭랑한 소리를 내며 바닥으로 떨어진다.

　―이게 뭔 줄 알고 귀를 파, 이렇게 밑이 뻥 뚫린 걸 보고도 몰라?

　―귀이개 아닌 줄은 나도 알아. 귀가 근지러워서 좀 긁은 거 갖고 뭘 그래?

　―생각 없는 놈.

순임이 큐렛을 주워 탁탁 턴다. 껍데기처럼 얇은 귀지가 팔락거리며 떨어진다.

바지를 꿰입다 말고 순임은 다시 욕실로 향한다. 소독약을 써서 몇 번이나 손을 씻고 샤워를 했는데도 찝찝한 기분이 좀처럼 가시질 않는다. 점액질이 들어찬 것처럼 귓속이 먹먹하고 머리가 무겁다.

몸살기가 있는 건가. 소름 돋은 팔 한 짝을 싹싹 긁으며 순임이 중얼거린다. 뜨거운 물줄기 속에 한참을 서 있다 나오니 소파로 옮겨 누운 박기영이 구물거린다.

— 넌 언제까지 놀 거야?

— 아 씨발, 할망구 땜에 등짝이 아직도 아프잖아.

박기영이 험악한 얼굴로 순임을 노려본다. 옆으로 흘러내린 뺨과 턱이 생김새를 더욱 사납게 만든다.

최근 박기영은 하루가 다르게 살이 찌고 있다. 원래도 마른 체형은 아니었지만 평균에서 약간 웃도는 정도였는데, 이제는 한눈에 보기에도 비대하다. 누워 있으면 배와 허벅지가 눌린 인절미처럼 퍼진다. 마디가 사라질 정도로 부푼 손가락은 리모컨 누르는 일과 키보드 두드리는 일 외에는 아무것도 하지 않는다.

— 취직을 해야 돈도 벌고 장가도 가지.

— 할망구나 실컷 벌어. 난 싫어.

─나 죽으면 니 새끼는 어떻게 키울래? 집안 하나 건사하는 게 얼마나 힘든 일인 줄 알아?

─애는 뭐하러 낳아, 귀찮게. 시끄럽기나 하지.

─나는, 나는 손주 보고 싶다. 입때껏 먹여 주고 키워 줬으면 그 정도 효도는 해야지. 집안에 애가 하나 있으면 분위기도 달라지는 법이야. 재롱떠는 것도 귀엽고 애 키우자면 너도 책임감이 생길 거고.

─그렇게 애가 좋으면 할망구가 힘내서 하나 더 낳든가.

박기영이 킬킬거리며 돌아눕는다. 밀가루 떡처럼 뭉개진 얼굴이 전혀 딴사람 같다.

─너 그러다 내가 죽으면…….

─뒈질 병이라도 걸렸나 요즘 왜 이렇게 양양대. 뭐, 암이라도 걸렸어?

─걸렸으면, 취직할 거야? 나 죽기 전에 결혼도 하고 애도 낳고?

─뭔 헛소리야. 뒈질 거면 보험이라도 몇 개 더 들어 놓으란 소리지. 사망 보험금 빵빵한 걸로다가.

순임이 리모컨을 냅다 집어 던진다. 옆구리에 맞은 리모컨이 철썩 소리를 내는데도 박기영은 꿈쩍 않는다. 순임은 화장실과 거실을 종종거리다 결국 방으로 들어간다.

뭔가를 깔고 앉은 것처럼 불편한 기분이다.

순임은 입고 있던 옷을 속옷까지 모두 벗고 이부자리에 눕는다. 햇솜 냄새가 나는 새 이불인데도 기분이 전혀 나아지지 않는다. 심지어 30년간 잊고 지냈던 죄책감이 엉성하게나마 가슴을 짓누른다. 머릿속에 떠오르는 건 처덕처덕 분칠을 했는데도 창백하기만 하던 여자아이 얼굴이다.

손쉬운 수술이었다. 출혈이 생각보다 많았던 것만 빼면 나무랄 데 없을 정도였다. 개월 수도 적었고 여관비 실랑이도 없었다. 컬러 프린트로 인쇄한 가짜 돈에 속은 것도 아니고 경찰에 쫓기지도 않았다. 어느 모로 따지나 성공적인데 뭐가 이럴까. 순임은 몸을 뒤척이다 불현듯 깨달았다.

이명이 사라졌다!

어째서?

희열보다 두려움이 앞선다. 스스로도 상상 못 했던 반응이다. 한때 순임은 이명만 사라진다면 귀를 통째로 잘라 내도 좋다고 생각할 만큼 절박했다. 그런데 정작 이명이 사라지고 나니 머릿속이 아득해질 정도의 떨림과 침묵에 대한 공포만이 남아 있다. 어째서, 왜? 순임이 손가락을 귀에 넣고 마구 후빈다. 제자리에서 쿵쿵 뛰어도 보고 힘껏 도리질도 쳐 본다. 귀가 먹어 버린 건 아닐까 싶게 적막한 침묵이 순임을 감싼다. 흐느끼는 울음소리도 돌풍처럼 휘몰아치던 비명 소리도 이젠 없다.

그럼 이제, 뭘 할까요.

창백한 여자아이의 얼굴과 억양 없는 목소리가 돌연 순임의 앞에 환히 떠오른다.

화분 2

햇빛이 난 것은 고작 한 시간 정도다.

403호 여자가 밖에 널었던 이불을 황급히 거둬들인다. 급작스레 쏟아진 비에 이불 윗부분이 벌써 노랗게 젖어 있다. 무슨 날씨가 이 모양이람! 403호 여자는 성난 얼굴로 하늘을 노려본다.

한 시간 전만 해도 하늘에는 밀가루를 흩뿌려 놓은 것 같은 얇은 구름이 고작이었다. 쨍쨍하지는 않더라도 이불 말리기 충분한 해도 있었다. 일주일 만에 보는 해였다. 403호 여자가 해를 보자마자 이불을 끌어다 넌 것은 당연했다. 거실에 널어놓은 빨래들이 꿉꿉한 냄새를 풍기며 뻐드러지고 있었고 침대 시트와 이불, 식탁보까지 모든 것이 축축했다. 그러나 햇빛 냄새가 고인 보송보송한 이불에 대한 상상을 끝내기도 전에 다시 비가 쏟아진 것이다.

이걸 어쩐다?

403호 여자는 거실에 동댕이친 이불을 쳐다보며 고민한다. 찰진 습기가 달라붙은 거실 바닥 또한 불쾌하긴 마찬가지다. 기상이변이니 온난화니 하는 갑옷을 두른 올겨울은 그 흔한 싸리눈조차 내주질 않는다. 해가 나는가 싶다가 장대비가 쏟아지고 돌풍이 지면을 휩쓸다 뚝 그치기를 반복한다.

망설이던 여자가 방에서 헤어드라이어를 꺼내 온다. 이대로 장에 넣었다간 곰팡이가 슬 게 틀림없다. 젖은 부분만 말리면 어떻게든 될 것 같기도 하다. 넓게 편 이불 한복판에 새겨진 얼룩을 발견한 것은 여자가 헤어드라이어 콘센트를 막 꽂았을 때다.

빗물에 번진 얼룩은 검붉은 색이기도 감청색이기도 하다.

여기저기 흩어져 찍힌 것이 높은 곳에서 뚝뚝 떨어진 모양이다. 이게 뭐지? 403호 여자는 얼룩 가까이 얼굴을 들이밀다 헛구역질을 하며 물러선다. 작은 얼룩이지만 그것에서 뿜어 나오는 악취는 지독하다. 가늘고 흉악한 손이 순식간에 점막을 훑고 목구멍을 타고 내려가 위를 꽉 쥐었다 놓는 것 같다. 일단 깨닫고 나자 악취가 굉장한 속도로 거실을 장악한다.

403호 여자는 제일 먼저 음식물 쓰레기통을 떠올린다. 여자가 아는 한 얼룩과 가장 비슷한 냄새는 그것이다.

잠깐 새 더욱 거세진 비가 베란다 창을 사정없이 내리긋고 있다. 403호 여자는 베란다 창밖으로 머리를 내밀어 힘겹게 위를 살핀다. 또렷하지는 않지만 503호 베란다 창턱에 무언가 매달려 있는 것이 보인다. 403호 여자는 흠뻑 젖은 얼굴 그대로 503호로 뛰어올라 간다.

—대체 뭘 내놓은 거예요?

403호 여자는 503호 문이 열리자마자 대뜸 소리부터 지른다. 연거푸 누른 초인종 소리가 아직도 집 안을 휘돌고 있다. 나갈 준비를 하던 참이었는지 선주는 눈썹이 반만 그려진 채다. 부풀어 오르다 못해 아래로 축 늘어진 뺨이며 울룩불룩한 턱과 배가 무의식적인 거부감을 일으킨다. 403호 여자는 멀뚱히 서 있는 선주를 밀치고 무작정 집 안으로 들어간다.

—베란다에, 베란다에 대체 뭘 내놓은 거냐구요.

—베란다?

—뭔진 몰라도 거기서 썩은 물이 떨어져 우리 집 이불이 엉망이 됐어요. 어쩔 거예요?

503호는 403호와 집 구조는 물론 살림살이도 별반 다르지 않다. 403호 여자가 거실을 썩썩 가로질러 베란다로 나간다. 흔들림 없이 수직으로 내리꽂히는 빗줄기 사이로 베란다 난간에 놓인 화분 하나가 보인다. 화분? 403호 여자가 베란다

문을 열자 막혀 있던 빗소리가 날카롭게 울린다.

— 등나무 분이에요.

등 뒤에 선 선주가 웃으며 말한다. 분이 참 예쁘죠? 화분 속의 흙이 거센 빗줄기에 치여 이리저리 흩어지고 있다. 검은 흙 외에는 아무것도 없다. 403호 여자가 싱글싱글 웃고 있는 선주를 기분 나쁜 얼굴로 돌아본다.

— 아무것도 없잖아요?

— 아무것도 없긴요. 착한 아이에게 준 집인데.

— 농담해요, 지금?

— …… 아까 왜 왔다고 하셨죠?

— 화분인지 집인지 여기서 썩은 물이 떨어진다구요. 아래 층에 널어놨던 이불이 완전히 못쓰게 됐어요. 냄새는 말도 못 하게 지독하고. 멀쩡한 이불 버리게 생겼으니 이거 어쩌실 거 예요?

— 무슨 소린지 하나도 모르겠네. 아무튼 저더러 세탁비를 물어내라, 이 얘기죠?

선주가 403호 여자를 무겁게 밀치고 베란다 문을 닫는다. 얼결에 밀려난 403호 여자는 선주가 서랍에서 지갑을 꺼내는 동안 화분만 내내 노려본다. 작은 사각형이 촘촘히 박힌 갈색 화분은 평범하기 그지없다. 뭘 심었다면 뿌리라도 썩은 모양 이지. 가만 보니 비에 파헤쳐진 흙 사이로 희끗희끗 뭐가 보이는 듯도 하다.

　— 착한 아이에게 준 집은 무슨. 미친년.

　403호 여자가 돈 3만 원을 손에 쥔 채 성큼성큼 계단을 내려간다. 계단참 창문으로 더러워진 이불솜 같은 구름이 빠르게 흘러가고 있다.

꼭꼭 숨어라

─도와주세요.

선주가 관자놀이를 꾹 누른다. 이번엔 또 뭐야. 창밖에 쏟아지던 비는 거짓말처럼 멎어 있다. 거센 바람에 비닐봉지가 간혹 날아다닐 뿐 하늘도 깨끗하다. 젖어 있는 것은 아스팔트 바닥과 선주의 구두 정도다.

젖은 발을 닦지도 못한 채 소파에 늘어졌던 선주다. 온몸이 물먹은 솜처럼 무겁고 아팠다. 깜빡 잠이 들려던 찰나 전화벨이 울려 선주는 더욱 날이 서 있다. 귀를 콱콱 쑤시는 것 같은 벨소리만 아니었다면 그냥 무시했을 것이다. 울먹이는 목소리에 발신 번호를 확인해 보니 해수다.

단순히 일진이 사나울 뿐인지도 모른다.

빽빽 소리를 질러 대던 403호 여자가 그 시작이었다. 이불
이 어쩌고저쩌고해 댔지만 403호 여자의 눈은 선주의 몸과
거실 세간을 더 샅샅이 살폈다. 비웃음과 우월감이 서린 여
자 때문에 선주의 기분은 급속도로 나빠졌다. 일하러 가다가
노점에서 산 우산은 비가 샜다. 흠뻑 젖은 구두가 걸을 때마
다 찔꺽거리며 발뒤꿈치를 때렸다. 가까스로 상담 시간에 맞
춰 도착한 집에서는 턱을 앞으로 쭉 뽑은 과학 선생이 기다
렸다는 듯 잔소리를 퍼부었다.

　─비만은 나태하고 타락한 현대인의 증거예요. 무절제하게
쾌락만 추구한 탐욕스러운 인간에게 하나님이 내리신 형벌이
라구요. 선주 씨는 죄를 짓고 있는 거예요. 언제까지 이렇게
추한 죄인의 모습으로 살아갈 거예요? 비만은 죄악이에요.

　과학 선생은 다른 때보다 훨씬 끈질기게 선주를 책망했다.
한 시간여를 시달린 뒤 아이 방으로 들어갔을 때는 팔다리가
후들거릴 지경이었다. 헤드폰을 벗은 아이가 외려 선주를 위
로하며 말했다.

　─저 아줌만 저거 병이에요. 사실 저 아줌마도 돈 처들여
서 지방 흡입하고 다이어트 약 먹고 근육 분해 주사 맞아 살
뺐거든요. 부작용으로 거식증에 우울증에 작년까지 난리도
아니었어요. 오죽하면 아빠가 정신병원에 입원시켜 놓고 도망
갔을까.

─엄마를 아줌마라고 부르면 안 돼.

선주가 타이르자 아이가 피식 웃었다.

─아빠는 쌍년이라고 불렀는데요? 저 쌍년이 집안 다 말
아먹네. 쌍년, 차라리 굶어 뒈져 버리든가. 웃기죠? 그러고도
둘 다 학교 선생이라니. 학교에서도 애들한테 그러는 거 아닌
가 몰라. 이 쌍년들, 당장 살 안 빼? 성적 나쁜 년들은 다 뒈
져 버려!

선주는 가방에서 꺼내던 상담 노트와 카드를 도로 집어넣
었다. 우리 다음 주에 하자. 키득거리던 아이가 선주의 가슴
을 헤드폰으로 톡톡 치며 문을 가리켰다.

─선생님, 그 말 지금 3주째예요.

피곤해. 선주는 관자놀이에서 목까지 꾹꾹 눌러 마사지한
다. 아직도 안 끊겼는지 수화기 저편에서 윙윙거리는 소리가
울린다. 선생님, 선생님! 다급한 목소리가 선주를 부른다.

─무슨 일인데 그러니? 지금은 선생님이…….

─도와줘요, 누나가, 누나가 아기를 죽이려고 해요!

전화를 받느라 일으켰던 몸을 다시 뒤로 민다. 육중한 상
체가 소파 위로 떨어지면서 풀썩 먼지가 인다.

─누나가 뭘 어쨌다고?

─누나가 아기를 죽이려고 한다구요! 내 동생인데, 아니
누가 비닐봉지에 싸서 버린 걸 주워 왔는데, 그래도 내 동생

이거든요, 그런데 누나가!

—…… 죽여 버리라고 해.

—네?

선주는 배가 둥글게 부풀 때까지 숨을 내쉰다. 날숨에 섞여 나온 비린 입 냄새가 턱 밑에 고인다. 담배 한 대 피웠으면 좋겠네. 알싸한 담배 연기를 떠올리며 선주가 몸을 뒤집는다. 말보로 레드만 하루 두 갑씩 피우던 남자가 두 번째 남편이었는지 세 번째 남편이었는지 기억이 흐릿하다. 아니, 세 번째 남편은 재떨이로 텔레비전 액정을 깨부수고 나간 남자였던가.

선생님. 울먹이는 소리가 수화기를 타고 흐른다. 울먹임 뒤로 어렴풋하지만 고양이 울음소리 같은 것도 들려온다.

—…… 그럼 선생님 집으로 올래?

얇게 입술을 벌려 담배 연기 뿜는 시늉을 해 본다. 입 냄새가 아까보다 진해진다. 불쾌해. 선주는 해수에게 또박또박 집 주소를 불러 주며 생각한다. 403호 여자도 비만 클리닉에 미친 과학 선생도 '쌍년'을 '썅년'이라고 누구보다 매끄럽게 발음하는 초등학생도 해수도 고양이 울음소리도 모든 것이 다 불쾌하다. 매일 한 보루씩 사다 두었음에도 눅진한 담배 한 개비 남아 있지 않은 말보로 레드와 담배 연기처럼 빠져나가 영영 사라져 버린 네 명의 남편들도 모두.

도로까지 뛰어나간 해수가 팔을 흔든다.

아기를 감싼 면 이불이 풀어져 바닥에 질질 끌린다. 개구리처럼 납작하게 퍼진 다리가 이불 틈새로 빠져나와 덜렁거린다. 해수는 택시를 잡으랴 아기를 추어 안으랴 정신이 없다. 몇 번의 허탕 끝에 해수는 택시를 잡는다. 비에 젖은 도로에 쓸려 더러워진 이불이 택시 문에 걸려 팽팽해진다. 해수는 남은 이불로 아기를 숨기듯 싸맨다.

선주가 일러 준 동네가 얼마나 멀리 있는 건지 모르겠다. 해수는 일단 택시 기사에게 들은 대로 주소를 읊는다. 누나를 피해 도망 나오면서도 서랍에서 이것저것 꺼내 오길 잘했다는 생각이 든다. 돈과 함께 놓아 둔 선주의 전화번호가 아니었다면 해수는 아직도 집 앞을 방황하고 있었을 것이다.

목이 쉴 정도로 울어 대던 아기는 차에 타자 거짓말처럼 울음을 그친다. 두리번대는 아기 눈동자가 불투명한 막에 싸인 것처럼 흐리다. 해수는 도우미 아줌마가 그랬던 것처럼 아기 등을 가만가만 쓸어내린다. 가파르게 뛰는 것이 아기 심장인지 자기 심장인지 구분이 잘 가지 않는다.

누나는 미친 걸지도 몰라. 몸이 떨려 부정할 엄두조차 나지 않는다. 누나는 원래 상냥하고 다정한 사람이다. 잠시 미친 게 아니라면 그 사람이 누나일 리 없다.

공포에 질린 기억은 잘게 도막 나 있다.

지난밤 아기는 자주 잠에서 깼다. 분유를 타고 기저귀를 가는 일은 생각보다 어려웠다. 아기 울음소리에 마음이 급해 서둘라치면 가볍고 달짝지근한 분유 가루가 사방팔방 날렸다. 물은 뜨겁거나 차가웠고 비뚤게 채워진 기저귀에서 오줌이 샜다. 해수가 허둥댈 때마다 아기는 온몸을 꽉 조이면서 울었다. 이대로 동그랗게 쪼그라들어 버리는 건 아닐까 싶을 정도였다. 땡땡하게 부은 배에서 당장이라도 튀어나올 것처럼 배꼽이 들썩거렸다.

새벽에야 겨우 잠든 해수는 아기가 숨을 들썩이기만 해도 자리에서 일어났다. 가벼운 재채기 소리, 도리질 소리에도 마찬가지였다. 해수는 습관처럼 아기를 보듬고 토닥거렸다. 미지근한 숨과 빠르고 경쾌한 심장박동을 확인한 뒤에야 마음이 놓였다. 아기는 너무 작고 연약했으며 무방비했다. 해수는 혹시라도 아기를 짓누르지 않게끔 온몸을 꼬부린 채 잠들었다. 달큰한 분유 냄새와 빗소리가 기억의 마지막 도막이었다. 해수를 깨운 것은 아기 울음소리도 아슬아슬한 정적도 아니었다. 단호한 냉기. 싸늘하게 목덜미를 훑는 것 같은 냉기에 해수는 눈을 떴다. 제일 먼저 보인 것은 물에 젖어 덩어리진 검은 머리카락이었다.

택시가 허름한 아파트 단지로 들어선다. 단지는 크지도 작지도 않다. 놀이터를 가운데 놓고 아파트 네 동이 정사각형 모양으로 둘러서 있는데, 바깥쪽 조금 어긋난 각도로 동이 하나 더 서 있다. 선주가 알려 준 주소는 따로 떨어져 있는 동 5층이다. 배달 음식점 스티커가 지저분하게 붙은 엘리베이터 소음이 굉장해서 아기가 납작 해수에게 붙는다.

선주 집에 들어서자마자 해수는 저도 모르게 코를 막는다. 역하고 집요한 냄새가 목구멍 깊숙이까지 파고든다. 어느 한 곳에서 강렬하게 뿜어져 나온다기보다 오랜 시간에 걸쳐 집 구석구석을 점령한 냄새다. 해수는 비슷한 냄새를 얼마 전에도 맡은 적이 있다. 해정의 방에서였다.

지난달인가 해정은 반찬 가게에서 양념 게장을 5킬로그램도 넘게 사 왔다. 검은 반점이 박힌, 집게 다리가 엄청나게 긴 게였다. 새빨간 양념 덩어리가 게를 파묻다시피 하고 있었다. 해정은 이상하게 게장에 집착했다. 식사 시간이 아닐 때도 군것질하는 것처럼 내내 게 다리를 물고 있었다. 식탁은 물론 거실 소파 위, 가스레인지 옆, 장식장이나 화장실 세면대까지 게 껍질이 굴러다녔다. 집 안에 쌓인 게 껍질은 빠른 속도로 삭아 갔다. 도우미 아줌마가 보이는 족족 치워 버리는데도 냄새는 쉽게 가시지 않았다.

냄새가 가장 심한 곳은 해정의 방이었다. 해정은 냄새 때문에 헛구역질을 하면서도 게장 먹기를 멈추지 않았다. 한밤중에 냉장고를 뒤져 고춧가루가 벌겋게 묻은 게 조각을 씹으며 잠들기 일쑤였다. 해정의 방 침대 밑과 서랍 안에는 썩어 가는 게 껍질이 가득했다.

—안 들어오고 뭐해?

선주가 아기를 먼저 받아 든다. 아기를 싸고 있던 더러운 면 이불은 그 자리에서 훌훌 풀어 버린다. 엉성하게 채워져 있던 기저귀가 밀려 빨갛게 드러난 아기 엉덩이가 선주 손 위에 놓인다. 아기를 안았다, 라고 하기엔 몹시 불안한 모양새다. 양손 위에 그저 놓여 있다고 하는 게 훨씬 정확하다. 해수가 신발을 벗다 말고 허둥지둥 팔을 뻗는다.

—떨어지겠어요!

—됐어. 이제 내려놓을 거니까.

거실 바닥에 아기를 놓는 선주의 펑퍼진 등을 보며 해수는 처음으로 선주가 비대하다고 느낀다. 아기는 거대한 코끼리 발밑에 놓인 붉은 생쥐 같다. 조심해요! 해수가 날 선 목소리를 낸다. 그러다 아기 밟겠어요! 들은 척도 않는 선주가 아기 옆에 쿵 떨어지듯 앉는다.

—뭔가 덮어 줄 만한 거 없을까요? 꽉 안 묶어 놓으면 아기가 경기한다고 그랬거든요.

—거기 문갑 제일 아래 서랍에 수건 있어. 오른쪽에 있는

게 큰 수건이니까 하나 꺼내렴.

분홍색 수건에 꽁꽁 싸인 아기가 턱을 치켜들며 몸을 비튼다. 수건에서 빠져나오기엔 턱없이 부족한 몸부림이다. 조심스레 아기 팔다리를 정돈해 수건으로 돌돌 마는 해수를 선주는 그저 바라보고 있다. 그래서 이건 뭔데? 해수는 전과 달리 선주 목소리가 싸늘하다고 느낀다. 목소리가 순식간에 졸아든 것도 그 때문이다.

— …… 내 동생이에요.

— 누나가 죽이려고 했다면서 동생이라고?

— 그건…….

— 사실대로 말하지 않으면 선생님은 도와줄 마음 없어. 이대로 집에 돌아갈래? 동생이라니 부모님께 도와 달라면 되겠구나. 수건 정도는 빌려 줄 테니까 데리고 돌아가렴.

— 안 돼요! 집에 데려가면 정말로 누나가 죽일지도 몰라요!

— 그럼 말해 봐. 이 애는 누구니?

— …… 몰라요.

— 됐다. 그만 돌아가.

— 정말, 정말 몰라요! 전철 타고 가고 있었는데, 누가 옆에 놓고 갔어요. 누군지도 몰라요. 비닐봉지에, 아니 신발 상자에 담겨 있는 걸 제가 주웠어요.

─전철? 신발 상자? 그걸 나더러 믿으라는 소리야?

─정말이에요! 주웠다고 하면 안 믿을까 봐 동생이라고 한 거예요. 하지만 거짓말 아니에요, 정말 주웠어요. 제 동생으로 키울 거예요.

─…… 그래, 일단은 주웠다고 치자. 하지만 니가 애를 키운다는 건 말이 안 돼. 이건 애완동물하고 달라. 컴퓨터 게임하고도 차원이 다르지. 니 일생을 이 아이한테 저당 잡히는 거야. 쉴 새 없이 먹이고 재우고 씻기고 다치지 않게 지켜보면서 온종일을, 아니 평생을 보내는 거라고. 니 인생에서 정작 니가 사라져 버리는 거야.

─할 수 있어요! 어젯밤에도 내가 우유 주고 기저귀 갈고 했어요, 울지 않게 잘 안아 주고 재워도 줬다구요.

─어젯밤처럼 평생 할 수 있겠어? 아무 데도 못 나가고 아무 일도 못 하면서 매일매일?

─그건…….

─게다가 누나가 애를 죽이려고 했다면서.

해수는 누나를 떠올린다. 젖은 머리카락 아래 크레파스로 문지른 것처럼 무섭게 색칠 되어 있던 얼굴. 지금까지 중 가장 가짜 같은 얼굴이었지만 그건 분명 누나였다. 지켜 주겠다고 했는데, 아기를 데리고 누나에게 돌아갈 순 없다.

─아기만 여기 놓고 해수는 돌아가. 내가 해수 아버님이랑

의논해 볼게.

— 하지만…….

— 도와 달라며? 틀림없이 도와줄 테니까 걱정 말고 돌아가.

— …… 꼭 돌려주셔야 돼요.

— 아무렴 내가 전철에다 버리고 올까 봐? 나 그렇게 나쁜 사람 아니야.

— 그건 알지만, 그래도, 꼭, 약속이에요.

해수는 몸을 바닥에 납작 붙여 아기를 끌어안는다. 아기의 새빨간 눈꺼풀과 코와 마른 혀를, 눈에 새겨 넣듯 꼼꼼히 살핀다. 도와주겠다는데, 믿을 수 있는 사람은 이제 한 사람뿐인데 왜 이렇게 불안한 마음이 드는 걸까. 뭐라고 입을 떼기도 전에 선주가 서둘러 해수의 등을 떠민다. 신발도 제대로 못 신은 해수의 뒤로 문 닫히는 소리가 요란하다. 해수는 한참을 현관 앞에서 서성인다. 문에 슬쩍 귀를 대 보기도 한다. 당장이라도 아기 울음소리가 터져 나올 것 같다.

엘리베이터 버튼을 누르면서 해수는 불안감의 정체를 막연히 깨닫는다. 선주의 반응이 너무 건조했던 것이다. 아기를 받아 안자마자 이불에 싸 따뜻한 바닥에 누이던 도우미 아줌마의 반응과, 체온을 재 보고 기저귀를 채운 뒤 분유를 타던 그 반응과 너무 다르다. 선주는 해수가 안고 온 아기를 보고도 전혀 놀라지 않았다. 당혹감이나 놀라움, 심지어 의심이나 호기심조차 존재하지 않던 선주의 단단한 표정. 해수는 딱딱 소리를 내며 손톱을 물어뜯는다. 아기 옆에 쿵 내려앉던 선주의 두꺼운 발과 거대한 엉덩이가 자꾸 아른거린다.

소음과 함께 엘리베이터 문이 열린다. 구식 엘리베이터는 기침하듯 덜컹거리며 힘겹게 내려가 해수를 지상에 풀어 놓는다.

*

불쾌해, 불쾌해! 선주가 쿵쿵 발을 구른다.

맨바닥에 누운 아기는 머리털이며 눈썹이 하나도 없다. 쑥 들어간 눈은 뜬 듯 만 듯 하고 납작한 코가 그나마도 뒤집혀 새빨간 콧구멍이 그대로 드러난다. 벌레처럼 꾸무럭거리는 아기를 선주가 징그럽다는 듯 쳐다본다. 가느다란 아기 손가락이 분홍색 수건을 따라 옴죽거린다.

문이 닫힐 때 본 해수의 표정은 선주에게 익히 익숙한 종류의 것이었다. 해수는 선주와 처음 만났을 때조차 저런 표정은 짓지 않았다. 저것은,

그것이다. 아줌마 같은 뚱보랑 섹스하면 꼬추가 살에 파묻혀 버릴 거야, 그렇게 말하며 낄낄대던 열두 살 남자아이의

얼굴. 불결하고 쓸모없는 죄악의 덩어리, 라고 떠들어 대던 과
학 선생의 얼굴. 니 옆에서 자면 에어컨을 아무리 돌려도 숨
이 막혀! 악을 쓰며 집을 뛰쳐나가던 남편의 얼굴. 해수는 더
이상 말의 순서를 찾지 못해 고민하는 소년이 아니다. 수치심
을 참으며 어깨를 붙여 오지도 않는다. 팽이버섯 같던 해수의
팔다리가 오늘따라 길고 단단해 보였던 건 그 의심에 찬 얼
굴 때문이다.

선주가 아기 발목을 꽉 움켜쥔다. 가느다란 발목에서 오도
독 뼈 부딪는 소리가 난다. 아기가 벼락같이 울음을 터뜨린다.
시끄러워, 시끄러워! 선주에게 있어 아기는 고장 난 녹음 인형
같은 것이다. 마음에 드는 기능이라곤 하나도 없다. 더럽고 시
끄럽고 귀찮은 것들. 이런 것들은 왜 자꾸 튀어나오는 걸까,
성가시게.

20년 전에도 그랬다. 언니 몸을 난도질해 놓고 튀어나온 것
역시 더럽고 시끄러웠다. 오물투성이 비닐 위에서 발악하듯
울던 시퍼런 몸, 그 몸의 검은 얼룩들은 또 얼마나 흉측했던
가. 다시 시간을 돌린다 하더라도 선주는 몇 번이고 아기 가
슴에 주삿바늘을 꽂을 자신이 있었다. 지금도 마찬가지다.

─건전지를 빼 버리면 돼.

선주가 중얼거린다.

─건전지를 빼 버리면, 전부 다 착한 아이가 되니까.

인터폰이 온 건 그림자가 길어지고 주위가 어스레해진 무렵이다. 박자가 제멋대로 바뀐 촌스러운 왈츠곡. 오래된 인터폰은 음을 군데군데 잡아먹으면서도 왈츠곡을 세 번이나 연주한다. 네 번째 연주가 시작된 뒤에야 비로소 선주는 몸을 일으킨다. 소파 팔걸이에 걸쳐 놓았던 다리가 파랗게 죽어 있다. 해수가 간 뒤 시간이 꽤 흘렀는데도 푹 잠들지 못했는지 머리가 무겁다.

─그 집에 애 있죠?

403호 여자는 오전에 그랬던 것처럼 대뜸 소리부터 지른다. 기껏해야 택배를 알리는 경비 아저씨려니 했다가 된소리를 들은 선주 얼굴이 확 구겨진다.

─계속 애가 울어 대니 시끄러워 견딜 수가 있어야지. 그집 애 맞죠? 504호는 집에 없고, 아래위층 다 물어봤는데 아니라 그러고.

─여기도 아니에요. 아침에 보셨잖아요, 혼자 사는 거.

─지금도 뒤에서 애 우는 소리 나는구먼, 어디서 시치미야. 애 좀 못 울게 해요. 이거 원 시끄러워서 살 수가 있나. 아파트 처음 살아요? 사람이 왜 이렇게 몰상식하고 매너가 없어, 화분도 아직 베란다에 그대로 있고 말이야.

선주가 인터폰을 뚝 끊어 버린다. 동시에 가청 주파수를 훨씬 넘는 것 같은 울음소리가 귀를 때린다. 소리는 크다기보다 멀미가 날 정도로 음이 높다. 선주는 황급히 귀를 틀어막는다. 잠을 자는 동안, 잠이 깨서 인터폰을 받는 동안은 왜 들리지 않았는지 의아할 정도다.

아기 입이 흉악할 정도로 쩍 벌어져 있다.

선주는 문갑에서 수건 두 장을 꺼내 아기 얼굴을 덮는다. 울음소리는 그 정도로 사라지지 않는다. 새끼손가락을 넣어 귀를 마구 후벼 판 선주가 문갑 서랍을 통째로 빼낸다. 속을 비운 서랍은 깊고 네모지다.

— 착한 아이는 아니지만 그래도 집을 줄게.

서랍은 아기 몸에 꼭 맞는다. 새빨간 아기 배가 부풀어 터질 것처럼 솟아올랐다가 긴 울음과 함께 홀쭉해진다. 여기서 자고 있으렴, 더, 더 착한 아이가 될 때까지. 선주가 빙긋 웃으며 아기가 담긴 서랍을 문갑에 끼워 넣는다.

주름

    해정은 거대한 주름 속에 홀로 남겨진다.

    검은 자줏빛의 얇고 질긴 양막이 몸을 감싸고 있다. 주름 아래는 많은 것들이 숨겨져 있다. 날것 그대로 놓여 있을 때보다 더욱 선명해진 물건들, 이름, 텅 빈 붙박이장과 양복, 토막 난 고등어 대가리 같은 것들.

    저리 가! 필사적으로 짜낸 목소리는, 그러나 무거운 추가 성대에 매달려 있는 것처럼 형편없다. 쉽게 물러서지 않는 주름들이, 기억들이 추를 대신해 목을 조른다. 주름 하나가 발목에 감겨 해정을 끄집어낸다. 억지로 찢어진 양막이 맹렬한 기세로 핏물을 뿜는다. 거듭 닥쳐오는 주름, 주름, 주름들.

    해정이 소스라쳐 깨어났을 때 몸을 감싸고 있는 것은 눅진

하고 쉬척지근한 여관방 이불의 주름뿐이다.

기억에 없는 벽지, 기억에 없는 방이다. 더 둘러보고 싶지만 목 아래로 전혀 힘이 들어가질 않는다. 팔다리가 뚝뚝 끊겨 나간 것 같다. 등껍질을 멘 늙은 여자. 그래, 그랬다. 풀려나간 곳 없이 단단한 기억은 아니지만 그 정도면 충분하다. 더럽고 좁은 골목들을 앞장서서 빠져나가던 늙은 여자. 등산 가방. 누운 등에 착 달라붙던 두꺼운 비닐의 감촉까지 생생히 떠오른다.

늙은 여자를 소개해 준 것은 선주다. 산부인과나 조산소에서 낙태 시술을 받을 수 없다는 걸 알게 된 해정은 당혹감을 감추지 못했다. 성폭행 피해자니 지워 달라고 하자 검증 자료를 요구해 왔다. 미성년자도 성폭행 피해자도 낙태의 이유가 되지 못했다. 선주는 손쉽게 번호 하나를 구해 왔다. 그때까지만 해도 몰래 불법 영업을 하는 산부인과일 거라 생각했지 이런 식일 거라곤 상상도 못 했다. 선주는 왜 하필 이런 곳으로 나를 보냈을까.

해정은 선주에게 가느다란 의심의 고리를 건다. 어쩌면 그것은 생각보다 훨씬 두껍고 튼튼한 고리일지도 모른다. 늙은 여자와 만났을 때, 더러운 여관방에 들어왔을 때부터 고리는 이미 존재했다. 그러나 해정은 믿고 싶었다. 어깨를 감싸 주던 체온이 생소하면서도 따뜻해서, 그저 믿고만 싶었다.

엉덩이를 움직이자 거대한 포크가 배 속을 세로로 훑어 내리는 것 같다. 해정이 눈을 하얗게 홉뜬다. 속을 긁던 포크가 점점 거대해져 삽날이 여러 개 달린 포클레인으로 변한다. 숨이 해일처럼 밀려들어 와 굳은 혀가 목구멍을 틀어막는다. 입 안이 바짝 말라 떨어질 침조차 없다.

꿈이기도 현실이기도 한 시간 속을 해정은 오래도록 떠돈다. 파도와 흡사하지만 거품 하나 없이 단아한 표면들. 다시 눈떴을 때 주름은 흔적도 없이 사라져 있다. 사라진 것은 주름뿐만이 아니다. 은밀한 소음과 감각, 통증까지 많은 것이 사라져 있다. 아랫배가 뜨끔거리는 것은 격통이라기보다 기억에 가깝다. 그곳 어딘가가 뜯겨 나갔음에 대한 기억. 해정은 몸을 일으키다 머리맡에 수북이 쌓인 약 껍데기를 발견한다. 순임이 선심 쓰듯 주고 간 진통제 한 뭉치를 잠결에 하나씩, 죄다 씹어 먹은 모양이다.

나쁘지 않네. 해정이 고소(苦笑)한다. 발밑에 깔려 있던 그림자가 쑥 일어나 대신 걸어 다니고 있는 느낌이다. 현실감이 사라지자 묘한 여유가 생긴다. 창밖이 벌써 환하다.

창문 옆 벽에 진금당이라고 새겨진 둥근 시계가 걸려 있다. 어제는 보지 못했던 시계다. 시계의 검고 긴 바늘이 3시 20분을 가리키고 있다. 언제 멈춘 건지 빨간 초바늘이 꼼짝도 않는다. 3시 20분. 늙은 여자가 해정의 자궁을 박속 긁듯 박박 긁어내던 때 멈춘 것일까. 해정의 깡마른 손이 진통제를 긁어다 물도 없이 씹어 먹을 때? 혹은 해정과 상관없는 아주 오래전에? 알 수 없다. 알 필요도 없다. 그러나 해정은 멈춘 뒤 몇 번이나 몸을 들썩였을 바늘에 대해 생각한다. 홀로 몇 시간은 헐떡댔을 의미 없는 저항에 대해.

뜨겁고 둥근 배 위에 손을 올린다.

움푹 파인 배꼽을 어루만지다 보니 시계가 멈춘 것은 아직 올챙이만큼도 자라지 못한 해정의 아기가 억세진 핏줄과 함께 끌려 나왔을 때, 비닐하우스용 비닐에 함부로 내동댕이쳐졌다가 하수구로 빨려 들어갔을 때일 거란 생각이 든다. 그것은 막연한 확신이다.

—좀, 씻어야겠네.

좁은 방 안에 해정의 목소리가 공허하게 울린다. 죄다 곪는다고 큰소리치던 늙은 여자가 떠오르지만 적어도 세수 정도는 하고 싶다. 뺨과 턱이 아교를 짓이겨 놓은 것처럼 뻣뻣하다. 세수를 하고 땀에 젖은 겨드랑만 닦아 내도 한결 개운해질 것 같다.

화장실 문턱까지 핏자국이 말라붙어 있다. 가슴속이 다시 술렁대기 시작해 해정은 도리질을 친다.

화장실 거울 안에 기괴한 얼굴의 소녀가 서 있다.

두꺼운 화장이 번지고 밀려 해정은 흡사 피부병을 앓고 있는 사람 같다. 부르튼 입술과 쩍쩍 갈라져 있는 파운데이션. 초록색과 검은색이 마구 뒤엉킨 눈가에는 마스카라 덩어리가 부러진 속눈썹과 함께 흩어져 있다. 구깃구깃한 뺨과 달리 턱 밑의 알몸은 뽀얗고 매끈하다. 불거진 빗장뼈와 목 언저리 상처들이 유일한 흠이다. 알몸과 대조되어 해정의 얼굴은 더욱 괴기스럽다.

해정은 거울 속 얼굴이 마음에 든다. 전혀 현실감이 없는 얼굴이다. 정체성과 맹목적인 친근감이 완전히 차단된 얼굴. 단지 낯설고 징그럽기만 한 얼굴.

해정은 세수를 포기한다.

적어도 이곳을 나갈 때까진, 이 여관방에서 나갈 때까지는 완벽하게 타인인 채가 좋다.

젊은 여자가 해정의 얼굴을 유심히 살핀다.

해정은 늙은 여자와 방을 잡으러 왔을 때도 여자가 저런 얼굴로 자신을 살폈다는 걸 기억해 낸다. 발밑에서 기분 나쁘게 가라앉던 검은 융단도 떠올린다. 해정은 융단을 힘주어 밟고 카운터까지 간다. 여자에게 볼일이 있는 것은 아니다. 단지 카운터를 지나야 밖으로 나갈 수 있기 때문이다.

— 저기, 얼굴이라도 좀 씻고 가요.

여자가 카운터 옆에 달린 조그만 거울을 톡톡 치며 말한다.

—됐어요.

해정이 여관 주인을 향해 싱긋 웃는다.

—상관없어요. 어차피 이건,

내 얼굴이 아니니까요. 뒷말은 입안에서 우물거리며 사라진다. 이건 내가 아니니까, 여기 있는 건 어느 누구도 아니니까 괜찮아요. 해정은 말을 전하는 대신 가볍게 고개를 까닥인다. 카운터를 지나는 걸음이 사뭇 힘차다.

—괜찮아요?

해정이 휘청 흔들린다. 더러운 이불도, 비참한 기분이나 통증도 전부 견딜 수 있다. 그런데 여자의 사소한 질문 하나가 해정의 마음을 온통 헤집어 놓는다. 괜찮아요? 해정은 이를 악물고 현기증이 일 때까지 고개를 끄덕인다. 여관 문을 힘주어 민다.

위로받고 싶다, 고

해정은 난생처음 생각한다. 생애 처음으로 간절히 바란다.

*

해정은 맹렬히 쏟아지는 비를 고스란히 맞으며 걷는다. 빗방울의 냉기와 날렵함은 가혹할 정도다. 해정은 정수리를 후

려치는 무게보다 씻겨 내려가는 얼굴이 더욱 고통스럽다. 빗
줄기가 거셀수록 해정이 현실로, 해정 자신으로 돌아가는 시
간이 짧아진다. 해정은 필사적으로 얼굴을 가린 채 걷는다.
수없이 많은 사람들 곁을 지나지만 해정에게 열려 있는 우산
은 하나도 없다.

　─ 괜찮아요?

　하얗게 김이 오르는 몸에 빗방울과 함께 떨어지는 건 젊은
여자의 목소리다. 상냥하지만 뒤로 물러선 채 결코 다가오지
않는 목소리. 해정에게 필요한 것은 의례적인 물음이 아니다.
마주 댈 수 있는 어깨, 상냥한 손. 해정은 해수를 떠올린다.
아득한 그리움 같은 것이 해정을 흔들고 지나간다. 해수와 함
께 밥을 먹고 DVD를 보며 머리카락을 다듬어 주던 일이 너
무나 오래전 일처럼 느껴진다. 이 길을 걸어 집으로 돌아가는
것이 몇 년 만의 일 같다.

　해정은 덜그럭덜그럭 길을 따라 걷는다.

　해수는 항상 그랬던 것처럼 누나, 하고 소리치며 달려올 것
이다. 이렇게 차게 식은 몸이라도 싫은 내색 없이 끌어안아 주
겠지. 어떻게 그 팔을 뿌리칠 수 있었을까. 일찍 돌아와야 해.
애원하듯 몇 번이고 확인하던 해수의 말간 눈이 빈집에서 홀
로 해정을 기다리고 있는데. 해정은 아직 누군가에게 필요한
존재다. 이 볼품없는 몸을 위로해 줄 단 한 사람이 아직 남아

있다.

집에 도착하자마자 해정은 해수 방문부터 연다.

등 언저리에서 쩍 소리가 난다. 얼었던 몸이 기어코 깨져 버린 건지도 모른다. 해정은 추위와 피로로 초점을 잃은 눈을 억지로 치켜뜬다.

아기다. 털이 몽땅 벗겨진 생쥐 같은 아기가 해수 옆에 딱 달라붙어 자고 있다. 해정이 있어야 할 자리에, 해정이 오고 자 했던 바로 그 자리에.

방 안은 풀어진 기저귀와 휴지 더미로 엉망이다. 방구석에 넘어진 우유병에서 뿌연 액체가 방울방울 흐른다. 걸음을 뗄 때마다 분유 가루가 젖은 발에 엉겨 끈적끈적해진다. 해수는 미간을 우그린 채 자고 있다. 다문 입술이 턱을 다부져 보이 게 만든다. 해정은 해수의 잠든 얼굴을 물끄러미 들여다본다. 이건 누구지?

낯선 얼굴. 당장이라도 울음이 터질 것 같다. 해정만을 기 다리던 순박하고 말간 얼굴은 온데간데없다. 은행처럼 단단하 게 여문 이 얼굴이 해수던가? 작고 여린 나의 해수는 어디로 가 버린 걸까.

해정의 머리카락에서 빗물이 뚝뚝 듣는다. 붉은 이마에 물 방울을 맞은 아기가 킁, 콧소리를 낸다. 동시에 해수의 팔이 스르르 올라온다. 여전히 눈을 감고 자는 중이지만 해수의 팔은 정확히 아기 가슴에서 멈춘다. 낮은 목소리와 함께 해수 손이 아기 가슴을 토닥인다. 더없이 친밀하고 다정한 움직임 이다.

아기의 눈이 빠끔 열린 것은 그때다. 새까만 눈동자가 해정 과 정면으로 마주친다. 검고 깊은 눈. 무언으로 침착하게, 그 러나 끈질기게 해정을 다그치는 저 눈.

해정은 핏빛 주름 속에 자신이 다시금 떠밀려 들어왔음을 깨닫는다. 채 이어지지도 않은 탯줄에 매달려 하수구를 기어 오른 아기가 바로 그 주름의 중심에 있다. 이마 위 숨구멍을 폴락거리며 오물을 토해 낸 입으로 해정을 책망하고 있다.

어서 숨겨야 해, 없애 버려야 해.

해정이 옆에 있는 베개를 들어 아기 얼굴을 누른다.

화분 3

돌풍에 많은 것이 휩쓸린다.

가장 먼저 휩쓸린 것은 바싹 마른 나뭇잎들이다. 생기 하
나 없는 나뭇잎들이 요란한 소리로 돌풍에 말려 부서진다. 다
음으로 담배꽁초와 휴지 조각 같은 자잘한 쓰레기들이, 부러
진 나뭇가지와 비닐봉지가 휘말린다. 아파트 단지 한가운데
놓인 놀이터 그네들이 삐걱거리고, 모래가 빗소리로 유리창
을 두드린다. 돌멩이와 널어놓은 이불이 무거운 몸을 들썩거
린다. 마지막으로 돌풍에 말려든 것은 화분이다.

작은 사각형이 촘촘히 박힌 갈색 등나무 분이 5층 베란다
에서 바닥까지 수직으로 떨어진다.

남자는 서류 가방을 머리에 이고 뛰는 중이다. 아이스크림

껍데기와 자잘한 돌멩이가 위협적으로 날아다닌다. 모래바람에 맞은 뺨이 쓰라려 남자는 더욱 빨리 뛴다. 입을 꽉 다물고 있는데도 침을 뱉으면 모래알이 섞여 나온다. 앞니 뒤쪽과 혀뿌리에 남은 모래들이 약 올리듯 서걱거린다. 침을 뱉기 위해 잠시 멈춰 고개를 왼쪽으로 돌렸을 때, 남자의 코앞을 검은 물체가 빠르게 스친다.

퍽 소리와 함께 흙덩어리가 남자의 몸에 튄다. 단지 화분이라고 하기엔 파열음이 엄청나다. 남자처럼 단지 내를 서둘러 뛰어가던 사람들이 놀라 걸음을 멈춘다. 일이 층 사람들 또한 창문으로 고개를 내밀어 밖을 살핀다. 그만큼 소리는 요란하고 급작스럽다.

남자는 망연히 제자리에 서 있다. 화분은 등나무 안쪽에 덧댄 자기 부분이 박살 났을 뿐 겉보기엔 멀쩡하다. 이게, 이게 무슨. 남자가 엉겁결에 떨어뜨린 서류 가방을 주워 든다. 뱉으려던 침을 뱉었는지 다시 삼켰는지조차 기억이 혼미하다. 자칫했으면 화분이 정수리에 꽂혔을 판이다. 등줄기가 서늘해진 남자가 화분을 힘껏 걷어찬다.

화분은 안에 남은 약간의 흙과 거무스름한 물체를 토해 놓고 반대편으로 굴러간다. 돌풍은 여전하다. 흉포한 소리로 바닥을 몰아친 돌풍 때문에 거무스름한 물체에서 더욱 작고 둥근 것이 떨어져 나와 도르르 구른다. 머리칼이 듬성듬성 남아 있는 머리뼈다. 장난감처럼 아주 작은 머리뼈.

403호 여자는 마침 1층에서 엘리베이터를 기다리고 있다.

19층에서 좀처럼 움직이지 않는 엘리베이터 때문에 짜증을 부리고 있을 때 그 소리가 울린다. 403호 여자는 재빨리 밖으로 나간다. 겁에 질린 남자가 부서진 화분과, 화분에서 굴러 나온 머리뼈를 보며 서 있다. 나 이거 알아요! 403호 여자가 왼손 집게손가락을 길게 뻗으며 소리친다.

— 이거, 우리 윗집 여자 화분이에요! 돼지같이 살찐 503호 여자!

— …… 503호?

— 틀림없어요! 그 여자 화분이에요!

달려온 아파트 경비가 무전기에 대고 뭐라 소리친다.

오래 지나지 않아 단지 안에 경찰차 한 대가 들어온다. 경찰관 두 명이 화분을 주워 든다. 몇 발짝 떨어진 곳에서 갈비뼈와 무릎뼈가 맞닿아 있는 작은 몸도 줍는다. 닭 날개만큼 작은 팔뼈가 툭 떨어진다. 충격으로 산산조각 난 손가락들을 경찰이 하나하나 주워 화분 속에 도로 넣는다. 또 다른 경찰이 얇고 검은 머리카락이 엉겨 있는 머리뼈를 줍는다.

서류 가방을 든 남자는 놀이터 의자에 앉아 손가락뼈 줍는 경찰을 보고 있다. 화가 난 건지 겁에 질린 건지 가늠할 수 없는 얼굴이다. 아파트 경비와 짧게 대화한 경찰이 남자를 흘끗 보고는 외면한다. 경찰이 부른 건 403호 여자다.

─어느 집 물건인지 아신다던데 확실합니까?

─확실해요. 내가 직접 올라가서 봤거든요. 그저께였나, 베란다에 널어놓은 이불에 썩은 물이 뚝뚝 떨어져 있더라구요. 이제 보니 그게 저 애가 썩은 물이었는가 보네. 내가 뭘 내놨길래 이러냐고 쫓아 올라갔는데 저 화분이 덜렁 놓여 있잖아요. 풀 한 포기 없는 빈 화분이. 내가 확실히 기억한다니까요. 그러고 보니 그 여자, 나한테 세탁비랍시고 얼른 돈 줘서 내쫓으려는 게 보통 수상한 게 아니었어요. 다 찔리는 데가 있으니 그렇게 하지 않았겠어요.

─그게 몇 층이라구요?

─5층, 503호요. 우리 집 바로 위예요.

403호 여자가 의기양양하게 앞장서 걷는다. 화분을 든 경찰과 머리뼈를 든 경찰이 여자 뒤를 따른다.

엘리베이터가 뒤늦게 1층에 도착한다. 문이 닫히려는 찰나 아파트 경비가 잽싸게 엘리베이터에 올라탄다. 누구의 무전기에선지 칙, 치익 하는 잡음이 계속 울린다. 좁은 엘리베이터 안에서 악취는 더욱 생생하다. 이 냄새야. 403호 여자는 구역질하는 와중에도 다시 한 번 확신한다. 톡 쏘는 듯한 비린내 하며 뭉그러진 거름처럼 강렬한 악취. 이불에서 맡았던 그 냄새가 분명했다.

—무슨 일을 하는 사람입니까?

—그건 모르겠고…… 별로 하는 일 없어 보이던데, 나가는 시간도 제멋대로고. 근데 또 집에만 있는 건 아니거든요.

—남편은?

—남편? 그런 거 없어요.

—남편이 없다구요? 미혼 여성입니까?

—글쎄 그 나이에 미혼은 아닐 거 같은데. 그렇다고 남자랑 사는 것도 아니고. 난 여기 아랫집 이사 온 지 반년도 안 됐으니 그전에 남자가 있었는지까지는 잘 몰라요.

—혹시 최근에, 임신한 거 보신 적 있습니까?

—아유, 몰라요, 그런 건.

403호 여자가 명백히 비웃는 얼굴로 손사래를 친다.

—배가 그 정도 두꺼우면 애가 들었는지 똥이 들었는지 자기도 모를걸요?

경찰이 어리둥절해하는 사이 엘리베이터가 5층에 도착한다. 올라오는 내내 등을 굽히고 있던 아파트 경비가 제일 먼저 밖으로 뛰어나간다. 초인종 누를 정신도 없이 곧장 층계참으로 뛰어간 아파트 경비는 담배 두 대를 한 번에 뽑아 문다.

선주는 더없이 침착한 얼굴이다. 오히려 당황한 건 두 명의 경찰과 403호 여자다. 경찰차가 단지 내에 들어왔을 때부터 지켜보고 있었던 듯 선주는 시종일관 태연하다. 5층은 베란다에서 화분이 떨어지고 난 뒤의 상황을 충분히 살펴볼 수 있을 정도의 높이다. 실제로 선주의 집 베란다 문은 활짝 열린 채다.

— 밖으로 화분이 하나 떨어졌는데 말입니다, 혹시 이게…….

— 제 거예요.

선주가 가볍게 인정한다. 단호하고 경쾌한 목소리다. 분실물 센터에서 잃어버린 지갑을 찾을 때만큼이나 명료하다. 머리뼈를 들고 있던 경찰이 쭈뼛거리며 다른 경찰이 들고 있는 화분에 머리뼈를 얹는다. 납작하고 뒤통수가 긴, 이가 하나도 없는 작은 머리뼈가 화분 위로 솟아오른다. 활짝 열어 놓은 베란다 문으로 바람이 들어와 머리뼈 위 얇은 머리카락이 살랑거린다.

— 화분 내용물에 문제가 좀 있는데 알고 계시는 부분입니까?

— 그것도 제 거예요.

— 본인 아기라구요?

— 네, 제 아기예요. 화분은 그 아이 집이구요. 태어나자마자 죽어 버리는 바람에 무덤 대신 그 집을 줬어요.

— 출생과 사망을, 제대로 절차 밟아 처리하신 겁니까? 때

에 따라서는 사체 유기, 은닉죄에 포함됩니다. 아니, 지금도 충분히 사체 유기 혐의가 적용됩니다.

— 그런 복잡한 건 모르겠네요. 그냥 그 애는 내 아기고, 내 아기니까 내가 집을 준 것뿐이에요. 착한 아이였거든요.

— 왜 죽었죠?

— 글쎄요. 그것도 잘 모르겠네요. 그냥, 죽어 있었어요.

— 일단 경찰서로 동행해 주서야겠습니다.

선주는 별로 어렵지 않다는 듯 신발을 찾아 신는다. 403호 여자와 아파트 경비가 선주에게서 멀찌감치 물러난다. 집 안을 휘휘 둘러보던 경찰의 눈이 베란다에 가 멈춘다. 에어컨 실외기와 재활용품 분리 용기와 함께 커다란 화분 세 개가 나란히 놓여 있다. 그중 하나에만 파가 길게 자라고 있을 뿐 남은 두 개의 화분은 아무것도 심겨 있지 않다. 경찰의 의심스러운 눈이 화분 근처를 맴돌자 선주가 깔깔거리며 웃는다.

— 거기엔 아무것도 없어요.

— 좀 살펴봐도 되겠습니까?

— 마음대로 하세요. 근데 거기엔 정말 아무것도 없어요. 지난번 남편이 돈이랑 담배를 심어 놓던 화분이거든요. 파 봐야 100원짜리 몇 개랑 담배꽁초밖에 안 나올걸요.

— 남편분이 계십니까?

— 지금은 없어요. 있기도 하고 없기도 하고 그렇죠.

―……혹시 이 아기 외에 유기된 아이가 또 있습니까?

―유기가 아니라니까 그러시네.

―있습니까?

―다른 애들은 착한 아이가 아니라 기억이 안 나요. 집을
안 줬거든요. 여기저기 넣어 놨었는데 이사하다 보니 다 사라
졌죠. 원래 이사하고 나면 있던 물건도 없어지고 없던 물건도
새로 생기고 그러잖아요?

―미친년인갑네.

아파트 경비가 툭 내뱉는다. 얼굴의 자글자글한 주름이 흉
폭할 정도로 늘어나 있다. 미친년은 감옥도 안 간다는데 저
거, 저거 미쳤는갑네. 카랑하고 메마른 목소리가 아파트 복도
에 울린다. 내내 눈치를 보고 있었는지 옆집 현관문이 소리
없이 밀리며 머리통이 하나 빠끔 나온다.

―일단 경찰서로…….

손 좀 씻고 가도 됩니까? 머리뼈를 들고 있었던 경찰이 조
심스레 묻는다. 정복 어깨며 소매가 빳빳하고 말투가 조심스
러운 걸로 보아 화분을 든 경찰보다 직위가 아래인 듯하다.
화분을 든 경찰이 얼굴을 찌푸리며 허락한다.

경찰은 신발을 벗고 화장실로 들어간다. 머리뼈에서 옮은
냄새가 움직일 때마다 코를 후벼 파는 것 같다. 경찰은 빠르
게 비누 거품을 낸 손을 문지른다. 욕실에 깨끗하게 정리된

수건과 목욕 용품이 정신이상자가 사는 집이라곤 도무지 믿기지 않는다. 경찰은 슬며시 수납 장과 변기 뒤 뚜껑을 열어 안을 확인한다.

— 집을 좀 뒤져 봐야 하지 않겠습니까?

— 서에 옮겨 놓고 다시 나오자고. 내려가면서 무전 치고.

발소리가 점점 많아지고 있다. 아래위층에서 슬슬 몰려든 사람들이 집 안을 기웃거리기 시작한다. 경찰은 눈앞에 보이는 신문으로 화분을 덮는다.

화분 든 경찰과 선주를 앞장세워 나가며 또 다른 경찰이 못내 아쉬운 듯 집 안을 돌아본다. 선주는 별 미련도 없이 집을 나선다. 지갑을 챙긴다거나 문을 잠근다거나 하는 기색조차 없다. 세상에 별별 인간 다 있다더니 내가 저런 여자랑 아래윗집 하고 사는 줄은 몰랐네. 403호 여자가 선주와 경찰이 탄 엘리베이터에 몸을 욱여넣는다. 이대로 경찰서까지 따라가고 말 기세다.

— 내 이럴 줄 알았어. 도대체 하는 짓이 돼먹지 않더라니. 어제만 해도 애를 그렇게 밤새 울리고…….

화분을 든 경찰이 우뚝 굳는다. 어제? 다른 경찰은 벌써 집 안으로 뛰어들어 가고 있다. 무작정 베란다로 나간 경찰이 화분 속을 마구 헤집는다. 대파가 뽑혀 나오고 파헤쳐진 흙 속에서 담배 한 개비가 든 담뱃갑이 튀어나온다. 세 번째 화분에서는 100원, 10원짜리 동전들이 쨍강거리며 타일 위로 떨어진다. 화분에서는 더 이상 아무것도 나오지 않는다. 구경꾼이 점점 늘어나 좁은 문 안으로 마구 머리를 들이밀고 있다.

마구잡이로 거실을 뒤지던 경찰이 일자로 뻗은 부엌으로 가 찬장과 싱크대 아래를 일일이 열어젖힌다. 커다란 찜 냄비와 전자레인지까지 열어 본 경찰이 벌게진 얼굴로 선주에게 다가간다. 어딨어? 선주가 태연하게 웃으며 고개를 젓는다.

순간적으로 깃든 침묵 틈으로 가냘픈 울음소리가 들린다. 웅성거리던 구경꾼들조차 숨을 죽인다. 풍선의 아주 작은 구멍으로 새 나오는 바람 소리 같다. 경찰이 똑바로 정면을 향해 걷는다. 문갑 아래 서랍을 당기자 지린내가 확 올라온다. 새빨갛고 작은 아기가 서랍 안에서 눈을 꽉 감은 채 울고 있다. 바짝 마른 입속에서 얇은 혀가 애처롭게 떨린다.

경찰이 조심스럽게 아기를 안아 든다.

밀려든 사람들이 극에 달해 화분 든 경찰과 선주의 몸이 일순 밀린다. 휘청대던 선주가 화분에 부딪혀 머리뼈가 떨그럭 소리를 내며 바닥에 떨어진다. 연이어 어딘가가 깨지는 소리가 난다. 화가 난 경찰이 수갑을 빼 든다. 도무지 채워질 것 같지 않던 수갑이 선주의 손목을 꽉 조인다.

— 아파!

선주가 상체를 격렬히 흔든다. 조금 전까지의 태연함은 흔적도 없다.

　―이거 풀어! 아파, 아파 죽겠다구!

　머리뼈를 주운 경찰이 꿈틀거리는 선주를 다시 앞장세워 걷는다. 한 손에 들린 화분이 위태롭게 흔들린다. 아파, 아파! 선주의 목소리가 복도에 쩌렁쩌렁 울린다. 뒤늦게 아파트 경비가 모여든 사람들을 밀어내고 길을 튼다. 잠깐 사이 선주의 등이 땀에 젖어 있다.

　아기를 안은 경찰이 서둘러 무전을 넣으며 아기의 발가벗은 몸을 자신의 점퍼 안으로 넣는다. 막 현관을 나서려는데 신발장 옆에 구깃구깃해져 있는 면 이불 하나가 눈에 띈다. 밖은 돌풍이 심하다. 찬바람이 거침없이 회오리를 만들어 내고 있다. 경찰은 끝이 더러워진 면 이불을 집어 든다. 새빨간 아기를 면 이불로 둘둘 싸서 끌어안은 뒤 재빨리 엘리베이터 안으로 뛰어들어 간다.

춤추는 롤리팝

아기는 놀라울 정도로 빨리 회복된다.

묽게 탄 분유와 따뜻한 보리차를 30분 간격으로 번갈아 먹고 정수리에 바늘을 꽂은 채 링거를 여러 종류 맞아야 하지만 문제가 될 만한 부분은 한 군데도 없다. 탈수 증세와 목이 심하게 부은 것에 대한 치료가 전부일 정도다.

—보통은 죽습니다.

의사가 아기의 뿌연 눈을 들여다보며 말한다.

—그나마 체온 유지가 된 게 다행이라고 할까요. 아이를 이렇게 방치하면, 틀림없이 죽습니다. 앞으로도 어떤 후유증이 남게 될지 모르구요.

—죄송합니다.

정현철은 영문도 모른 채 다짜고짜 고개부터 숙인다. 직장 서열과 관계없이 정현철의 인생은 사과와 수치에 익숙하다.

보험이 없는 탓에 상당한 금액의 병원비를 지불하고 정현 철은 병원에서 내주는 대로 아기를 받는다. 정수리에 바늘 자 국이 뻥뻥 뚫린 아기는 얼룩지고 더러운 면 이불에 싸인 채 퇴원한다. 상당히 더럽긴 하지만 면 이불은 어쩐지 눈에 익은 것이다. 그러나 눈에 익은 것은 그것뿐으로 새빨갛고 털이 하 나도 없는 아기는 낯설고 기이하다.

정현철이 경찰서에서 온 전화를 받은 것은 늦은 아침을 먹 고 있을 때였다.

찜질방은 지나치게 춥고 아담했다. 불가마 외에 거의 모든 곳이 추워서 사람들은 가마와 수면실 밖으로 잘 나오지 않았 다. 텔레비전 앞에 떼 지어 있는 것은 중학생쯤 된 남자아이 들뿐이었다. 아침 일찍부터 찜질방에 왔던 정현철은 알 수 없 는 실망감에 빠져 있었다. 반백의 여자들이 점령한 수면실에 는 들어가고 싶지 않았다.

정현철은 텔레비전 주위를 서성거리다 뒤늦게 미역국을 하 나 시켜 먹기 시작했다. 잘못 말렸는지 전내가 나는 미역은 지나치게 질겼다. 휴대폰이 울린 것은 그때였다. 경찰이란 소 리에 정현철은 깍두기 그릇을 반쯤 뒤엎었다. 정현철에게 있 어 경찰은 몹시 껄끄러운 존재였다. 잔뜩 긴장한 정현철에게 경찰은 예상 밖의 이야기를 늘어놓았다.

—공선주 씨라고 아십니까?

—누구요?

—공선주 씨요.

—…… 모르는 사람인데요.

—자녀분 상담을 부탁받았다고 하던데요. 정해수라는 아드님을.

—아, 압니다. 해수 선생님이요. 이름이 낯설어서 모르는 사람인 줄 알았습니다.

—정말 아십니까? 아시는 분입니까?

—뭐 안다면 아는 사람이지만…… 무슨 일이십니까?

—공선주 씨에게 아기를 맡기셨다구요.

—네?

—아기 말입니다, 아기. 생후 한 달쯤 된 아기를 맡기지 않으셨습니까.

—아기라니…… 무슨 말씀이신지 도통…….

—저희가 공선주 씨 사건을 조사하는 중에 말입니다. 공선주 씨 집에서 방치된 아기를 발견했습니다. 그런데 공선주 씨는 그 아기가 정해수라는 학생이 맡긴 거라고 주장해서 말입니다. 정해수 학생 아버님 되시는 건 맞죠?

—그건 맞는데 지금 무슨 말씀을 하시는 건지…….

— 한 번 오실 수 있겠습니까.

— 저기…… 제가 지금 부산에 있는데요.

— 그래도 와 주셔야겠습니다. 미심쩍은 부분이 한두 군데가 아니라서요. 그게 아니더라도 정해수 학생 보호자로서 꼭 오셔야 합니다.

정현철은 땀에 젖은 반팔 셔츠를 등에서 떼어 냈다. 잠깐의 통화였는데도 온몸에서 식은땀이 흐르고 있었다. 서둘러 몸을 헹구고 옷을 갈아입은 뒤 정현철은 바로 부산을 떠났다. 공선주와 아기는 무슨 소리인지 모르겠지만 적어도 정해수만큼은 자신과 관련된 단어가 분명했다. 차를 타고 고속도로를 달리는 동안 정현철은 온갖 망상에 시달렸다.

해수가 학교에 가지 않는 이유는 어렴풋이 알고 있다.

해수의 담임선생은 정현철에게, 몹시 조심스럽게 물었다. 아이들이 해수를 뭐라고 놀리는지 혹시 아세요? 그러고는 이내 말을 바꿔 다시 물었다. 아버님 혹시 최근에 찜질방에, 아 죄송합니다, 그게 아니라 경찰서에 다녀오신 적이 있으신가요?

해수는 말이 없고 행동이 굼뜬 아이였다. 발육도 늦어 어디로 보나 열두 살 먹은 아이로 보이지 않았다. 반에서 따돌림을 당한다기에 작은 체구나 붙임성 없는 태도 때문인 줄만 알았던 정현철은 당황하지 않을 수 없었다. 집에 돌아가면 말

갚게 자신을 바라보는 해수를 견뎌 낼 재간이 없었다. 퇴근이 늦어지고 급기야는 집에 돌아가는 날이 눈에 띄게 줄어들었다. 어차피 그 집에서 정현철을 기다리고 반기는 이는 아무도 없던 터였다.

그래도 아기라니.

정현철은 톨게이트를 통과하며 아내를 떠올렸다. 집에 해정이 있긴 하지만 그 애 역시 어린아이다. 아기라면 해정보다는 아내에게 더 어울린다. 아내가 밖에서 낳은 아이를 집에 내버리고 갔다면 어느 정도 이해가 간다. 아내는 철없고 무책임한 여자다. 두 아이에게 무책임한 여자가 세 번째 아이에게라고 예외일 수는 없다.

정현철은 경찰서보다 아기가 있다는 병원에 먼저 들른다.

혹시나 싶은 마음이었지만 아기는 전혀 낯선 얼굴이다. 돌아서서 나오자니 그래도 뭔가가 마음에 걸린다. 해정과 해수의 갓난아기 적 모습이 명확히 떠오르지 않는 탓도 있다. 그 애들도 이런 꼴이었던가? 망설이던 정현철은 결국 아기를 안고 경찰서로 향한다.

지구대에 끌려간 경험은 몇 번 있지만 본격적으로 지방 경찰청에 들어가는 건 처음이다. 문을 하나씩 통과할 때마다 등이 굽는다. 지나가던 경찰이 어느 순간 자신의 어깨를 낚아챌 것 같아 오금이 저린다. 퇴원 직전까지 우유를 먹은 아기는 조용히 잠들어 있다.

—내 거야!

정현철은 자신에게 달려든 더벅머리 아이를 멍하니 쳐다본다. 아이는 앙칼진 목소리와 함께 정현철의 손에서 아기를 빼앗아 간다. 흰 얼굴이 아무렇게나 잘린 머리카락 때문에 바보스러워 보인다. 정현철은 아기를 꼭 껴안은 채 자리에 주저앉은 아이의 얇은 어깨를 보고 비로소 그 아이가 해수라는 사실을 깨닫는다.

—그 애를 군이 여기까지 데리고 오실 필요는 없었는데. 그냥 두면 단체에서 데려가 돌보거든요. 사건이 해결될 때까지 병원에 두는 방법도 있고.

—우리 집 애일지도 몰라서요, 아내가 낳은.

—…… 안 그래도 해수 진술이 이해가 안 가서 여쭤 볼 생각이었습니다. 해수는 그 애가 자기 동생이라고 하는데…….

—내 동생이야! 내 거야!

해수가 부르짖듯 소리친다.

못 본 새 해수의 목소리는 조금 굵어져 있다. 하지만 마른 몸피만은 그대로여서 마치 다른 사람 목소리를 해수에게 심어 놓은 듯 어색하다. 해수는 팔랑거리는 아기 머리의 숨구멍과 동그랗게 뚫린 링거 바늘 자국을 혀로 핥는다.

—그런데 그게 또, 공선주 씨는 아기가 전철에 버려진 걸

해수가 주워 왔다고 하고.

— 전철에서? 주워요?

— 네. 비닐봉지에 싸서 전철에 버린 걸 해수가 주워 왔다고 말입니다. 공선주 씨는 그 애를 잠시 맡아 준 것뿐이구요. 하지만 그 부분에 대해서도 혐의가 걸려 있습니다. 공선주 씨가 아기를 서랍 안에 가둬 놓고 방치했거든요.

— 죽이려고 했어, 내 동생을! 누나도 선생님도 전부!

— 뭐…… 뭐라는 겁니까, 전부.

정현철은 머릿속이 빙글빙글 도는 기분이다.

새빨간 원숭이 같은 아기를 끌어안고 대드는 해수는 자신이 알고 있던 아이가 아니다. 비닐봉지에 싸여 버려진 아기를 전철에서 주웠다니 그게 도무지 말이 되는 소리인가. 게다가 공선주가, 해정이 아기를 죽이려 했다니.

정현철이 비틀거리자 경찰이 앞에 놓인 철제 의자를 턱짓으로 가리킨다. 빈속에 장거리를 운전했기 때문인지 어찔어찔 현기증이 인다.

— 혹시 본인의 아기라거나 이전에 보신 적은…….

— 없습니다.

정현철이 딱 잘라 말한다. 공선주가 뭘 어쨌다는 건진 모르겠지만 해수가 동생이라 우긴다면 아내의 아기일 것이다. 정말 전철에서 주웠다면 그야말로 자신과는 관계없는 일이다.

정현철은 멀찌감치 떨어져 있는 해수를 바라본다. 해수는 정현철을 힐긋도 하지 않은 채 아기만 들여다보고 있다. 정현철이 짐짓 헛기침을 하며 돌아앉는다.

— 공선주 씨와는 어떻게 아시는 사입니까?

— 잘 모릅니다.

— 하지만 자녀분을 맡기셨다고…….

— 학교에서 소개받은 것뿐입니다. 부끄럽지만 제 자식이 그…… 등교를 거부해서요. 저는 일 때문에 멀리 떨어져 있고 아내는…… 그런 이유로 상담 선생을 구한 겁니다. 학교에서 마침 자원봉사자가 있다고 했구요.

— 그러게 내 남편은 따로 있다니까요? 해수 아버지 얼굴은 나도 지금 처음 봐요.

난데없이 여자 목소리가 끼어든다. 정현철은 소리가 난 쪽으로 고개를 돌린다. 구석에 있는 긴 의자에 드러눕다시피 하고 앉은 뚱뚱한 여자가 이쪽을 보고 있다. 옅은 주황색 상의 때문에 여자는 거대한 크기의 살덩어리처럼 보인다. 양말도 없이 신은 운동화 위로 부푼 발목과 종아리가 드러나 있다. 가지런히 오므라들지 않는 허벅지나 두껍게 겹친 배가 여자를 더욱 꼴불견으로 만든다.

— 화분에 있던 아기는 지금 말씀하신 남편과의 아입니까?

— 글쎄요, 어떨지. 세 번째 남편 아인지 네 번째 남편 아인

지 모르겠네요. 그전 애들도 몇 번째 남편에게서 받은 건지 기억 안 나요. 몇 번째 남편이든 내겐 다 똑같았으니까 별로 상관없잖아요? 애들도 금세 다 죽었으니.

— 그럼 저 아기는 왜 죽이려 한 겁니까. 공선주 씨 말대로라면 잠시 맡아 준 거 외엔 아무 관계도 없었는데 말입니다.

— 내가 뭘 어쨌다는 거예요? 착한 아이가 아니니까 그냥 좀 내버려 둔 것뿐이에요. 아이들은 내버려 두면 금세 착한 아이가 되거든요.

경찰이 기가 막힌 듯 의자 뒤로 털썩 몸을 기댄다. 해수는 여전히 아기를 안은 채 꼼짝도 않고 있다. 정현철은 당혹스럽다. 뭔가 굉장히 어처구니없는 사건에 말려든 것 같기도 하고 그 일련의 사건들이 정말로 자신과 연계되어 있을까 봐 겁이 나기도 한다. 무엇보다 두려운 건 아기를 끌어안고 있는 해수다.

— 일단 관계자로 추정되는 사람들을 다 호출하고 있으니 잠시 기다리세요.

아기가 작게 콩콩거리기 시작한다. 기저귀랑 분유는? 해수가 전에 없이 큰 소리로 말하고 있다. 정현철은 아까 해수의 목소리를 듣고 어색하다고 느낀 자신이 정작 해수의 목소리를 들어 볼 기회가 거의 없었음을 깨닫는다. 해수와 대화는커녕 제대로 얼굴 한번 마주쳐 본 적이 없다. 정현철은 해수가 바라볼 때마다 도망치기 바빴다. 도망치지 않고는 도저히 견딜 수가 없었다.

정현철이 깊게 한숨을 쉰다. 그러나 그 한숨은 마침 문을 밀고 들어오는 한 여자의 모습에 딱딱하게 굳고 만다. 얇고 긴 코트로 몸을 감싸고 황금빛 로고가 달린 핸드백을 들고 들어온 여자는 다름 아닌 정현철의 아내다.

*

전화벨이 끊임없이 울린다.

해정은 해수의 방에 누워 있다. 비에 젖은 몸을 말리지도 않고 잠든 탓인지 목이 답답하다. 방 안은 꿉꿉한 열기로 가득 차 있다. 젖은 기저귀와 분유 때문인지도 모른다. 해정은 해수가 분유 통과 나란히 놓아둔 보온병에서 물을 따라 마신다. 화장실에 가려고 일어서다 해정은 두 번이나 고꾸라진다. 욕지기와 함께 시큼한 위액이 쏟아진다.

속옷은 엉망이 되어 있다.

소량의 피와 누렇고 푸르기까지 한 이물질로 더러워진 팬티를 해정은 휴지통에 버린다. 고약한 냄새다. 순임의 말을 듣지 않아 상처가 곪기 시작했는지도 모른다. 해정은 자신의 배

속이 시시각각 썩어 들어가고 있다고 생각한다. 그렇게 생각하는 것이 훨씬 타당하게 느껴진다.

그 아기는 뭐였을까. 해정은 새삼 궁금해지기 시작한다. 해수가 어디로 가 버린 건지도 궁금하다. 해수는 왜 돌아오지 않을까. 아기가 죽어 버렸나? 해정은 아기를 거꾸로 들어 올려 엉덩이를 찰싹찰싹 때리던 해수를 떠올린다. 껍질 벗긴 토마토처럼 물컹거리던 아기는 우렁찬 소리로 울음을 터뜨렸다.

— 애는 뗐냐?

가까스로 받은 휴대폰에서 흘러나오는 건 박기영의 목소리다. 첫마디부터 가차 없다. 기분 탓인지 박기영의 목소리가 이전보다 높고 날카롭게 느껴진다. 지금 나와. 박기영은 아무 일도 없었다는 듯 태연하다.

— 예전에 만나던 사거리 알지? 모퉁이 돌면 클리오 모텔 나오는.

— …….

— 대답 안 해? 나오라구.

박기영의 평범한 얼굴이 잘 떠오르지 않는다. 둥글었던 것도 같고 넓적했던 것도 같다. 두 개의 눈과 낮은 코, 잘 다물어지지 않던 입술. 기억나는 건 그 정도다. 아니, 그나마도 억지로 짜 맞춘 상상에 불과할지 모른다. 박기영에 대한 기억을 떠올릴수록 허무해진다. 해정이 피식 웃는다.

— 아직 안 뗐어요.

— 뭐?

— 아직, 배 속에 있다구요, 아기.

전화가 별안간 뚝 끊긴다.

해정은 온몸이 들썩거릴 정도로 크게 웃는다. 아랫도리가 묵직해지더니 뭔가가 울컥 쏟아져 나온다. 해정은 진이 다 빠질 때까지, 그야말로 숨 쉬는 것조차 버거워 눈물이 날 때까지 폭소한다. 무엇을 잃고 무엇을 얻었을까. 아무도 위로해 주지 않는 어깨를 해정이 쓸쓸히 어루만진다.

다시 전화벨이 울린다. 아까와는 다른 번호. 경찰서다.

지방 경찰청은 네모반듯한 새 건물이다. 날이 추운 탓인지 경찰청 앞에 나와 있는 사람은 하나도 없다. 해정은 여러 개의 문을 밀고 안으로, 안으로 들어간다.

제일 먼저 눈에 띄는 것은 해수다.

해수는 더러운 면 이불 덩어리를 꼭 끌어안고 있다. 해정은 그 이불 속에 든 것을 단번에 알아본다. 살아 있었네. 해수의 눈이 불안정하게 흔들린다. 해정은 하얗게 튼 해수의 뺨을 쓰다듬는다. 불안에 떠는 해수를 보니 마음이 놓인다. 겁에 질린 해수는 해정이 알고 있는 이전의 해수다. 지저분한 머리에 목을 잔뜩 움츠리고 있긴 하지만 틀림없다.

해수를 제외한 방 안 풍경은 기묘하다. 적어도 해정은 그렇다고 생각한다. 구석에 앉아 있는 비대한 선주 외에 철제 의자에 꼿꼿하게 등을 펴고 앉아 있는 건 아빠와 엄마다. 아빠는 양복 차림이 아니었고 엄마의 머리도 좀 더 짧고 밝은 갈색으로 변해 있다.

— 다들…… 이게 얼마 만이에요?

해정이 밝게 인사한다. 아빠와 달리 엄마는 돌아보지 않는다. 해수가 아기를 끌어안은 채 슬며시 자리를 바꿔 해정 뒤에 선다. 비쩍 마른 해정의 몸 때문에 해수와 아기는 절반도 가려지지 않는다.

— 급작스럽겠지만 상황 설명은 나중에 하고. 지금 동생이 안고 있는 아기, 혹시 본 적 있어요?

— 있어요.

— 있어요? 그럼 누군지도 알아요?

— …….

— 우리가 지금 곤란한 게, 그 아기가 누군지 알아야겠는데 해수는 자기 동생이라고 하고 공선주 씨는 지하철에서 주운 거라고 하고 이쪽 두 분은 또 전혀 모르는 아기라고 하니 이게 도무지 말이 안 맞아서…….

— 내 아기예요.

머리를 감싸 쥐고 있던 경찰이 더욱 뜨악해진 눈으로 해정을 쳐다본다. 외면하고 있던 엄마 얼굴이 홱 돌아오는 건 순간이다. 해정은 어쩐지 웃음이 날 것만 같다.

— 뭐라는 거야, 너!

아빠가 벌린 입을 다물지 못하고 있는 사이 엄마가 날카롭게 외친다. 엄마를 보는 것도, 목소리를 듣는 것도 모두 오랜만이다. 못 본 사이 엄마는 얼굴 표정도 차림새도 화장법도 모두 달라졌다. 은테 안경을 단호하게 쓰고 있던 아빠도 우직해 보이는 검은 안경으로 바꾼 모양이다. 모든 것이 다 너무 오랜만이다.

— 내가 낳았어요. 내 아기예요.

해정 뒤에 숨어 있던 해수가 아기를 해정의 등에 붙이다시피하고 해정의 얇은 팔을 꽉 쥔다. 걱정 말라는 듯 해정은 손을 뻗어 해수를 다독거린다.

— 아기 아빠는 나이가 좀 많아요. 30대 초반인데 그냥 평범한 사람이에요.

— 해정이 너!

— 지금 사거리에, 사거리에 있는 클리오 모텔에 와 있는데 한번 가 보실래요?

해정은 해수가 안고 있는 새빨간 아기가 정말 자신의 아기처럼 느껴지기 시작한다. 등 뒤에 닿아 오는 뜨거운 숨결이 가히 나쁘지 않다. 망연자실한 아빠 얼굴과 분노로 가득 찬

엄마 얼굴도 즐겁다. 어쩌면 모든 것이 생각만큼 끔찍하지 않을지도 모른다. 어쨌든 지금은,

온 가족이 모여 마주 보고 있지 않은가.

—아 참, 그 전에 우리…….

해정이 해맑게 웃는다.

—모처럼 온 가족이 다 모였는데, 같이 밥이라도 먹어야 하지 않겠어요?

방 안이 먹먹한 침묵으로 가득 찬다. 면 이불에 싸인 아기는 잠들었는지 숨소리조차 들리지 않는다. 삐걱하고 의자 흔들리는 소리가 나는가 싶더니 구석에 앉아 있던 선주가 우렁차게 웃음을 터뜨린다.

에필로그

집요한 침묵에 순임은 소스라쳐 잠에서 깬다.

이명이 사라진 뒤 순임에게 있어 침묵은 차라리 공포다. 밤에 불을 끄고 누우면 아무 소리도 들리지 않는다. 간혹 시계 초침 소리나 전화벨 소리가 들리긴 하지만 순간이다. 점액질로 채워진 거대한 통 속에 빠진 것처럼 소리는 일제히 사라지고 만다.

꿈에서조차 침묵은 계속된다. 꿈속에 나오는 것은 오로지 새하얀 벌판뿐이다. 어디쯤이라고 가늠할 수 없는 하얗고 텅 빈, 침묵이 형상화된 것 같은 공간. 그것은 고비사막만큼 광대한 벌판일지도, 스펀지로 싸인 좁은 상자 안일지도 모른다. 순임은 그 막연한 곳을 다만 헤매 다닐 뿐이다. 그러다 보니 온몸이 굳어 깨어나거나 숨이 막혀 경기를 일으키기 십상이다. 수면제 양을 아무리 늘려도 꿈은 멈추지 않는다. 사라지지 않는다. 꿈속에 있는 것도, 현실 속에 있는 것도 아닌 나날이 계속될 뿐이다.

순임은 짚단 인형처럼 누워만 있다.

박기영이 순임의 방에 들어와 서랍 속을 뒤져 돈을 꺼내 갈 때도, 잡다한 통장들과 도장을 챙겨 갈 때도 순임은 침묵 속에 있다. 오랫동안 침묵 속을 유영한 끝에 순임은 자신이 결국 아무런 소리도 만들어 낼 수 없음을 깨닫는다. 순임 자체가 침묵이다. 그 어떤 것도 생산해 낼 수 없는 순백의 껍데기.

58세의 양순임이 아파트 17층에서 투신자살한 일은 신문의 아주 작은 구석 자리를 차지했을 뿐이다. 투신자살하는 사람은 흔하고 아파트 17층에서 뛰어내리는 늙은 사람은 더더욱 흔하다. 그들의 사연에 대해 궁금해하는 사람은 결코 많지 않다.

순임은 머리부터 곧게 바닥으로 떨어졌다.

중심축이 옮겨지는 바람에 몸이 가로나 대각선으로 휘돌기도 했지만 그 순간을 목격한 사람은 아무도 없다. 순임은 그저 곧게, 빈틈없는 속도로 바닥까지 내려왔다.

콘크리트 바닥에 머리 절반이 으깨진 순임은 꼿꼿하게 물구나무선 채 멈추었다. 비쩍 마른 다리가 옆 화단에서 뻗어 나온 나무줄기에 걸린 탓이었다. 나무 높이는 어린아이 키 정도밖에 되지 않았다. 순임은 나무줄기에 걸린 다리를 구부리지도 못한 채, 머리통으로 바닥을 이고 경찰차와 구급차가 올 때까지 20분가량 방치됐다.

아파트 경비의 필사적인 저지에도 사람들은 구경을 멈추지 않았다.

북적거리는 아파트 주민들 때문에 경찰은 경황없이 순임을 구급차에 싣는다. 덕분에 뭔가가 땡그랑, 소리를 울리며 바닥에 떨어지는 걸 깨닫지 못한다. 경찰차와 구급차가 함께 울리는 사이렌에 어지간한 소리는 그대로 잡아먹히고 만다. 소음이 더욱 거대한 소음에 묻혀 순임의 주위는 실로 침묵에 가깝다. 순임은 흰 천을 뒤집어쓴 채 가장 가까운 병원 영안실로 옮겨진다.

순임이 누워 있는 영안실로 박기영은 곧장 달려가지 못한다. 박기영은 자신이 수취인으로 되어 있는 거액의 생명보험 때문에 지방 경찰청 작은 창살 방 안에 들어가 있다. 사인이 살인이나 사고사가 아닌 자살로 결론 날 때까지,

순임은 영안실 냉동 창고에서 작고 네모지게 얼어 있다.

아파트 경비가 순임이 떨어진 자리에 모래를 뿌린다. 선명한 핏자국을 없애기 위한 임시방편으로 물과 중성세제도 섞

어 뿌린다. 몰려 있던 구경꾼들은 3분도 안 돼 전부 흩어진다. 아파트 시세가 떨어지는 것을 막기 위해 서로에 대한 입막음도 잊지 않는다. 아파트 경비가 빗자루로 바닥을 박박 문지른다. 모래알과 하얗게 일어난 거품 사이로 땡그랑땡그랑, 낭랑한 소리가 화단 아래 하수구 쪽으로 밀려 나간다.

핏자국은 그럭저럭 엷어진다. 순임의 으깨진 귀에 박혀 있던 은색 큐렛만이 선명한 붉은색으로 끝을 물들인 채 하수구 바닥에 버려져 있다.

작가의 말

  。결국 내가 하고 싶은 말은 '잠깐만'이었다. 잠깐만 멈춰
서면, 잠깐만 눈을 돌리면 생각보다 많은 것들이 보이고 들리
고, 또 변할 거라고. 잠깐만. 세 글자면 될 걸 어쩌자고 이렇게
길게 썼느냐 물으신다면 할 말이 없다. 이야기를 줄줄 읊어
내지 않으면 심장이 건포도처럼 쭈그러드는 병에 걸렸다고 고
백하는 수밖에.

  。나는 '가족'만큼 친밀하고 애틋하며 다채로운 단어를 알
지 못한다. 내가 시궁쥐처럼 비루한 꼴로 서울역을 기웃거리
거나 일찌감치 죽어 버리지 않은 건 전부 가족 덕이다. 그들
은 기이할 정도의 인내심을 가지고 있다.

。허락된다면 나는 평생 잠깐만요여보세요이것봐요실례합니다미안해요거기좀서봐요유감입니다, 에 대한 글을 쓰며 살고 싶다.

2012년 봄

안보윤

춤추는 가족, 그리고 그 이후

정영훈(문학평론가 · 경상대 국문과 교수)

1

막장도 이런 막장이 없다. 해정의 가족 말이다. 아빠는 찜 질방을 전전하며 성추행을 일삼다 경찰서로 잡혀 오고,(그것 도 한두 번이 아니다.) 엄마는 젊은 남자랑 바람을 피우다 숫제 짐을 싸서 집을 나가고, 고등학생 딸은 자기 나이의 두 배쯤 되는 남자와 사랑에 빠져 임신을 하고, 초등학생 아들은 학교 다니기를 그만두고 집에서 하루 종일 비디오를 본다. "언제 헤어져도 이상할 것이 없는 부부. 아니, 헤어지지 않고 지내는 것이 오히려 이상한 부부. 호적이라는 임시 고용계약서에 묶 여 있을 뿐 실제로는 헤어질 필요조차 없는 부부."라는 해정의 평가 그대로 정현철과 그의 아내는 아예 마주치는 일이 없고, 해정은 해수를 제외한 가족 구성원 어느 누구에게도 살가운 모습을 보이지 않는다. 소설이 끝나 갈 무렵 선주가 영아를 유기하고 해수가 데려온 아기를 서랍 속에 넣어 둔 것이 드러나 동네가 발칵 뒤집히고 관련된 사람들이 경찰서에 모이게 되는 상황에서 해정 가족은 한 자리에 모이게 된다. 이야기가 시작된 이후 한 번도 한자리에 있어 본 적이 없는 그들이다. 이 기묘한 상황에서 해정이 "해맑게" 웃으며 말한다. "모처럼 온 가족이 다 모였는데, 같이 밥이라도 먹어야 하지 않겠어요?"

해정의 가족만 그런 것이 아니다. 이 소설에서 가족이라는 울타리 안에 있는 사람들치고 이렇다 할 만한 유대감을 지닌 경우는 전혀 없다. 선주가 상담을 맡은 아이는 엄마를 "아줌마"라고 부르고, 그 아빠는 아내를 "쌍년"이라 부르며 "저 쌍년이 집안 다 말아먹네. 쌍년, 차라리 굶어 뒈져 버리든가."라고 악담을 하더니 다이어트 부작용으로 "거식증에 우울증"까지 걸린 아내를 정신병원에 입원시켜 놓고 도망간다. "이혼한 부모라는 건 이제 별 얘깃거리도 안 된다. 새 학기마다 제출하는 가정환경 조사서에는 부모 관계란에 이혼과 재혼 항목이 따로 있을 정도다." 성적인 결합은 주로 결혼이라는 제도 바깥에서 이루어지고, 그 때문인지 임신과 출산은 축복이 아니라 저주스러운 일로 여겨진다. 아이는 생기지 않는 것이 제일 좋고, 어쩌다 아이를 갖게 되었다면 낳는 대신 때가 이르기 전에 자궁 밖으로 끄집어내는 것이 낫다. 이 일을 위해 순임 같은 이들이 있다. 할 수 없이 아이를 낳게 된다면 내버려 두는 것이 수다. "자꾸 튀어나"와 "성가시게" 만드는 이 "더럽고 시끄럽고 귀찮은 것들"은 "건전지를 빼" 버려야 한다. 그렇게 해서 착해지면 예쁜 집을 하나 만들어 주면 되고.

이들 가운데 일부는 매우 기묘한 방식으로 가족을 복원하거나 대를 이어 가기를 바란다. 순임이 어렸을 적 할머니의 방에는 "부모의 뼛가루가 담긴 단지" 두 개가 놓여 있었다. 조(祖) ― 손(孫)으로만 이루어져 모자람이 있는(이런 가정을 흔히 '결손가정'이라 부르지 않던가.) 공간을, 순임의 할머니는 아들 내외의 뼛가루 단지를 자기 방에 둠으로써 대신 채우려 했던 것이다. 그만큼 정상 가족에 대한 소망이 강렬했다는 이야기다.

순임의 할머니는 자기를 찾아온 '손님'들의 아이는 가볍게 떼어 주었지만 순임만큼은 예외였다. '손님'들 중 일부처럼 순임 역시 아이를 낳기에는 너무 어렸고, 아이를 낳고 싶은 마음이 있었던 것도 아닌데, 달이 차서 아이를 낳지 않으면 안될 때까지 수수방관하면서 결국 아이를 낳게 한 것이다. 처녀가 아이를 낳았으니 "이제 시집도 못 갈 거" 아니냐는 순임의 불평에 그녀는 가볍게 응대한다. 먹고살 기술을 알려 주겠노라고. 그렇게 해서 태어난 것이 박기영이다. 아이 낳기를 달가워하지 않았던 순임이었지만 그녀 또한 자식을 통해 후대까지 자기 삶을 이어 가기를 바라는 욕망을 공공연히 드러낸다. 어쩌다 보니 자신은 생명을 죽이는 일로 밥벌이를 삼고 있지만, 아들만큼은 남들처럼 정직한 방법으로 돈을 벌고 또한 그것을 밑천 삼아 좋은 여자 만나 아들딸 낳고 잘살기를 바라면서.

작가는 이런 이야기들을 자못 심각한 얼굴로 정색하며 들려준다. 농담처럼 가볍게 이야기를 풀어 나갔다면 유쾌하게 웃을 수 있었을 테고,(가령 「콩가루」 같은 인터넷 연재만화를 생각해 보라. 만화 속 가족의 면면은 해정의 가족과 놀랍도록 유사하다.) 인물들이 상황을 씩씩하게 이겨 나갔다면 조금쯤 감동을 받을 수도 있었을 것이다. 그런데 소설은 이를 허락하지 않는다. 유쾌함과 감동 대신 소설이 우리에게 주는 것은 묘한 불쾌함이다.

작가는 『오즈의 닥터』에서 도대체 뭐가 진실이고 뭐가 현실이냐는 물음을 던진 후 닥터 팽의 목소리를 빌려 이렇게 이야기한 적이 있다. "자네가 믿고 싶어 하는 부분까지가 망상이고 나머지는 전부 현실이지. 자네가 버리고 싶어 하는 부분, 그게 바로 진실일세." 작가는 해체되어 형해만 남은 소설

속 가족의 모습이 현실이라고 이야기하는 듯하다. 너무 불쾌해서 도무지 받아들이고 싶지 않은 바로 여기에 진실이 있다고. 닥터 팽과 오랫동안 면담을 해 온 '나'는 마지막에 이런 결론으로 내닫는다. "끝까지, 도망치겠다는 겁니까. 그래요, 닥터. 나는 도망칠 거예요. 현실을 정면으로 바라보면서 살아가야 하다니 그건 끔찍한 형벌이잖아요. 나한테는 이 정도가 어울려요. 죄책감도 책임감도 자부심도 없는 이 정도가."

『오즈의 닥터』에서 '나'는 자기 욕망이 만들어 낸 환상 스크린을 열어젖히기를 끝내 거부한다. 그러나 이것이 윤리적으로 올바른 태도가 될 수 없다는 것은 두말할 나위가 없다. 가족을 둘러싼 불쾌한 진실을 내보이면서 작가가 우리에게 요구하는 것은 기꺼이 이 형벌을 감내해야 한다는 쪽인 듯하다. 이런 의도가 아니었다면, 가령 다음과 같은 장면들을 소설 속에 담아 놓지는 않았을 것이다.

　　─안 궁금해요?
　　─…… 뭐가.
　　─그냥. 전부 다.
　　내가 왜 아저씨를 만나는지, 내 학교생활은 어떤지, 아저씨 앞이 아닌 다른 곳에서 나는 어떤 모습인지, 잠자고 일어났을 때 머리 모양이나 목소리는 어떤지, 앞으로 하고 싶은 일이 뭔지, 어느 대학에 가고 싶은지, 생일이 언제인지, 내 동생 혜수는 어떤 아이인지, 디지털카메라는 어떤 걸 쓰는지, 영화는 어떤 걸 좋아하는지, 영어 단어를 외울 때 음악을 듣는지, 운동은 싫어 하는지 좋아하는지, 간장에 조린 호두를 먹으면 알레르기가 일 어나는지 아닌지, 숫자 8을 쓸 때 왼쪽부터 쓰는지 오른쪽부터 쓰는지, 그리고 무엇보다,

내가 정말 원하는 게 뭔지.
─안 궁금해요?

─53~54쪽

박기영과 섹스를 하고 난 직후의 장면이다. 일상에서 일어 나는 사소한 일들, 그 옆에 가까이 서서 지켜보고만 있어도 자연스럽게 알 수 있는 버릇이며 습관 같은 것들이 누군가가 물어봐 주기를 기대하는 긴 물음이 되고, 이 물음이 발설되 지 못한 채 머릿속에서 맴돌다 흔적 없이 사라지고 있다. 해 정이 입을 열어 말할 수 없었던 것은 자기가 원하는 게 뭔지 박기영이 별로 궁금해하지 않으리라는 예상 때문이었을 것이 다. 이미 충분히 겪어 왔을 터이므로. 가족 중 어느 누구도 자 기가 어떤 사람인지, 무얼 원하는지 궁금해하지 않는데, 육체 만을 탐하는 박기영이라고 다르겠는가. 이 예상은 나중에 임 신 사실을 털어놓았을 때 그녀의 몸에 가해진 폭력으로 현실

화된다.

　이보다 더 가슴 아픈 것은, 해수가 공중화장실에 끌려가 친구들에게 괴롭힘을 당한 뒤 화장실 안에서 울음을 참으며 숨어 있다가 새벽녘이 다 되어 "흙가루와 피로 엉망"이 된 바지를 입고 돌아오는 장면이다. "그토록 기를 쓰고 돌아왔건만 집은 여느 때처럼 어둡고 텅 비어 있었다." 새벽이었고, 상처 입은 몸으로 돌아온 마당이다. 아무리 외박을 밥 먹듯 하고 서로에게 무심한 식구들일지라도 그때만큼은 가족 중 어느 누구라도 있어야만 했다. 아무도 없다면 그건 어린 자식과 동생의 늦은 귀가가 염려되어 이곳저곳 수소문하고 다니는 중이기 때문이어야 할 테고. 해수가 지하철에서 주워 온 아기를 돌보기 위해 애쓰는 것은 그가 이 무심함에 상처 입었기 때문일 것이다.

　해정과 해수는 미성년이다. 아직 성년이 되지 않았다는 뜻이고 '아직'이라는 말로써 유예된 시간 동안 누군가로부터 보살핌을 받아야 한다는 뜻이다. 보살펴 주어야 할 부모가 자기 할 일을 놓아 버린 상황에서, 해정과 해수에게 이 시간은 어떤 의미를 가질 수 있을까. 해정은 박기영과의 사랑으로 너무 일찍 성년의 세계에 진입해 버렸고, 해수는 또래 집단에서 쫓겨나 육체적으로도 정신적으로도 성장을 멈추어 버렸다. 어느 쪽도 제대로 된 의미의 성장이라고 할 수 없다. 하긴 이런 상황에서 도대체 어떻게 성장이 가능하단 말인가.

안보윤은 부모의 보살핌 없이도 아이들이 잘 자랄 수 있다고 낙관하지 않는 것처럼 보인다. 그것은 아이들에게는 가혹한 일이고, 어른들에게는 무책임한 일이 될 수 있다고 믿는 듯하다. 아이들이 제대로 자라지 못할 때 책임을 져야 하는 것은 아이들이 아니라 아이들을 제대로 돌보지 못한 어른들이다. 가족이 처한 현실을 직시해야 하는 이유는 분명하다. 아이들이 있기 때문이다. 이러한 상황에서 누구보다 고통당하는 것이 아이들이기 때문이다.

2

돌이켜 보면 이 모든 일들은 어느 일요일, 어쩌면 사소하다고 말할 수도 있는 한 사건으로부터 시작되었다. 그 이전까지는 모든 것이 지나칠 정도로 평범하고 평화로워 보였다. 이를테면 이런 풍경을 보라. 해정은 다음 날 있을 시험을 준비하고 있다. 첫 시험이라고는 하지만 "단순한 쪽지 시험"이었을 뿐이다. 모범생까지는 아니어도 여느 고등학생들 정도는 된다. 여기에는 해정의 나중 모습을 짐작하게 해 주는 어떤 것도 없다. 비디오를 보며 주인공 흉내를 내고, "지구대"라는 목소리에 "여기는 지구"라는 대답을 들려주는 해수는 열두 살 아이, 그 이상도 그 이하도 아니다. 그러던 것이 아버지가 찜질방에서 해정 또래의 여자아이들을 추행하다 인근 지구대로 끌려온 후, 마치 이 일이 일어나기를 기다리기라도 했던 것처럼, 해정의 가족은 급속하게 나락으로 빠져들어 간다.

물론 이 사건이 이어지는 모든 일들의 유일한 원인은 아닐 것이다. 그렇지만 이 사건이 해정의 가족에게 중요한 분기점이 된 것은 분명하다. 해수의 경우가 특히 그렇다. 그날, 그곳에 우연히도 같은 반 친구 용태의 엄마가 있었다. 짐작건대 그녀는 그 이야기를 아들이 듣는 데서 했을 테고, 용태가 그 사실을 친구들에게 이야기했고, 그것이 빌미가 되어 해수가 반 친구들에게 '변태'라고 놀림을 당하게 되었으며, 친구들의 폭력이 견딜 수 없는 지경에 이르자 학교를 그만두게 되었다. 정현철은 아들이 그렇게 된 것이 자기 탓이라는 걸 어렴풋이나마 알고 있었고, 그것이 죄스러워 집에 들어오는 횟수가 점점 줄어들었다. 그 일이 있고 난 후 몇 달 사이에 해정에게 어떤 일이 있었는지, 박기영과 연애를 시작하면서 해정의 학교생활에는 어떤 변화가 생겼는지는 알 수 없지만, 해정이 엇나가게 된 데 그 일이 영향을 끼친 것은 분명하다. 해정이 박기영을 좋아하게 된 이유를 보면 알 수 있다. 박기영은 아버지와는 상반된 이미지의 남자였던 것이다.

이렇게 해정의 가족에게 일어난 일들은 최초에 일어난 사건과 유기적으로 연결되어 있다. 순임을 비롯한 주변 인물들에게 일어나는 일들 역시 비슷하다. 소설에서는 거의 대부분의 인물과 사건들이 인연의 끈으로 이어 놓은 듯이 연결되어 있다. 선주가 해정에게 순임을 소개해 주었는데, 순임은 하필이면 해정의 애인인 박기영의 어머니였다는 식으로.(이와 같은 구성은 『악어떼가 나왔다』에서도 시도된 바 있다. 아이가 실종된 마트의 지점장이 채팅을 하던 여자는 그 아이가 들어 있던 가방을 우연히 구매하게 된 여자의 딸이다. 모두 네 개의 장으로 나뉜 이 소설에서 아무 상관이 없는 것처럼 보이던 각각의 이야기들은 이런 식으로 엮여 하나의 서사를 구성한다. 이 소설에서 순임과 선주, 해수와 해정이 엮이는 방식도 이와 비슷하다.) 이들 사이에서는 종종 과거의 일이 되풀이된다. 이를테면 아이를 낳기에 나이가 너무 적거나 너무 많은 여자들의 아이를 지우는 일로 평생을 살아온 순임은 손주가 될 수도 있었을 아이를 자기 손으로 긁어내고, 언니의 아이를 낙태시키기 위해 순임에게 왔던 선주는 자기가 낳은 아이 역시 비슷한 방식으로 죽게 한다. 순임과 선주의 언니와 해정이 임신하고 낙태하거나 출산한 것은 모두 그들의 나이 열일곱 살 무렵이다.

이 반복되는 사건들을 이어 주는 것은 어떤 도덕적 질서다. 반복을 이루는 쌍의 첫 번째 항은 죄이고, 두 번째 항은 그에 대한 징벌이다. 누구보다 순임에게서 이 점을 뚜렷하게 확인할 수 있다. 순임의 할머니는 "자기" 새끼를 찢어 죽이는 것은 짐승이나 하는 짓이라고 했다. 그렇다면 "자기" 새끼가 아니라 '남의' 새끼를 찢어 죽이는 것은 괜찮은 일일까? 순임의 할머니가 어떻게 생각했는지는 알 수 없지만, 순임은 다소간의 죄책감을 느꼈던 것이 분명하다. 자궁에 자리를 잡은 지 일곱 달이 지나 멀쩡하게 살아서 나온 아이를 보고 난 후부터 찾아온 이명은 그녀가 아무런 가책 없이 이 일을 할 수 없었음을 알려 주는 뚜렷한 증상일 것이다. 이명은 순임이 해정의 배 속에 있는 "자기" 새끼를 찢어 죽이고 난 후 사라진다. 순임은 이제까지 해 온 행위를 반복하는 가운데 자기가 저지른 죄에 대한 대가를 치른다. 이른바 동해보복(同害報復)의 원리가 안보윤이 창조한 이 세계를 떠받치는 기초다. 그렇다면 이명이 사라진 후 순임이 자살한 것은, 죄책감을 떨쳐 버리기 위한 절차를 자기도 모르는 사이에 밟아 버린 것은 아닌가 하는 불길한 예감, 혹시라도 조금 전에 찢어 죽인 것이 "자기" 새끼였던 것은 아닌가 하는 의혹 때문이 아닐까.

죄는 반드시 동일한 무게의 대가를 치러야만 한다. 이런 도덕적 질서를 누구보다 먼저 깨닫고 이를 직접 실행해 보인 것은 아이들이다. 친구들은 해수에게 이렇게 놀려 댄다. "니네 아빠 변태라며?" 그리고 덧붙인다. "변태 새끼." 아이들의 세계에서 변태 아빠의 아들은 아빠와 똑같은 변태이고, "변태는 무조건 감옥에 가야" 된다. 변태가 받아야 하는 벌로는 육체적인 고통이 제격일 것이다. 무엇보다 변태는 육체를 비정상적으로 다루는 사람이므로. 여자들의 엉덩이를 만진 정현철의 변태적인 행동은 이렇게 변태라는 낙인과 함께 친구들의 폭력에 아들의 항문이 찢어지는 것으로 되돌아온다. 해정이 30대의 박기영과 섹스를 하게 되는 것도 같은 맥락에서 이해할 수 있다. 소설의 첫 장면에서 정현철이 성추행했던 여자아이들이 해정 또래였던 것을 떠올려 보라. 정현철의 나이만큼은 아니지만, 해정은 박기영과의 섹스를 통해 자기도 모르게 아빠의 죄 갚음을 하고 있었던 셈이다.

이렇게 안보윤이 창조한 세계 속에서 누군가가 저지른 잘못은 항상 그에 상응하는 무게의 징벌로 되돌아온다. 좀 더 구체적으로 이야기하면 어른들의 잘못이 아이들이 당하는 고통으로 되돌아온다. 어른들이 쌓은 업보를 아이들이 받는 형국이다. 그러고 보면 예전에도 이렇게 인과관계가 없어 보이는 일을 연결하여 '업보'라고 해석한 적이 있었다. 『악어떼가 나왔다』에서다. 다리 하나가 휜 것 빼고는 모든 것이 완벽한 C컵 꽃띠는 스스로 상해를 가해 다리 절단 수술을 받게 된다. 그 모습을 본 어머니는 말한다. "업보다." "우리 업보를 네가 받은 거야." C컵 꽃띠의 어머니가 이렇게 말한 데는 이유가 있다. C컵 꽃띠의 아버지는 우발적으로 한 여인을 살해했고, 그 시체를 절단하여 여행용 트렁크에 담아 바다에 던졌다. 그녀는 그 벌을 딸이 대신 받은 것이라 해석하고 있는 것이다.

날 때부터 눈이 멀었던 이를 가리켜 예수의 제자들이 이렇게 물은 적이 있다. 이 사람이 이렇게 된 것은 누구의 죄 때문인가. 그의 죄 때문인가, 아니면 부모의 죄 때문인가. 어쩌면 우리는 업보라는 말로써 같은 질문을 지금 이곳에서 다시 하고 있는 것인지도 모른다. 아이들이 이렇게 된 것은 누구 때문인가. 아이들의 잘못 때문인가, 아니면 어른들의 잘못 때문인가. 소설은 어른들의 잘못 때문이라는 쪽에 무게를 두고 있는 듯하다. 업보라는 관념 자체가 이미 그런 것이 아닌가. 그러나 분명히 해야 할 것이 있다. 이 물음이 정말로 의미가 있으려면 과녁을 제대로 정해야 한다. 이 물음은 '어른=주체=나'를 윤리의 재판정으로 회부하기 위해 쓰여야 한다. 아이들이 이렇게 된 원인을 규명하기 위한 목적으로, 혹은 내가 저지른 잘못을 남 탓으로 돌리기 위하여 던지는 물음이 아니라, '아이=타자=너'가 이렇게 된 것이 '나'의 잘못 때문일 수 있음을 인식하는 가운데 '나'의 행동이 빚어낼 여러 가능성을 염두에 둔 물음이 되어야 하는 것이다.

3

이 소설을 읽으면서 다시 한 번 확인하게 되는 사실이지만, 안보윤 소설은 상당히 잔혹하다. 등단작인 『악어떼가 나왔다』에서 『사소한 문제들』에 이르기까지 안보윤 소설은 줄곧 우리 세계의 이면에 감추어진 폭력성을 집요할 정도로 세밀하게 파헤쳐 왔는데, 묘사의 수위에 관한 한 『우선멈춤』은 기존의 어느 소설도 보여 주지 못한 지점으로까지 나아가고 있다. 가령 순임이 벙어리 처녀의 7개월 된 태아를 끄집어내고, 해수가 공중화장실에서 같은 반 친구들에게 괴롭힘을 당하는 장면은 단어들 하나하나에 눈길을 주며 따라 읽기가 쉽지 않다. 문장을 경유하여 장면을 머릿속으로 떠올리는 것이 이를 눈으로 직접 보는 것보다 때로는 더 몸서리쳐지는 일임을, 이 소설은 자기 육체로서 증명해 보인다.

그러나 안보윤은 우리 삶의 깊숙이 자리한 이런 폐부들을 들추어내는 데만 집착하는 냉혹한 자연주의자가 아니다. 사실 이 세계는 안보윤 자신에게도 견디기가 몹시 힘든 세계다. 그녀가 이 잔혹하고 불쾌한 세상에 몰두하는 이유 가운데 하나는 그 속에 여전히 존재하고 있거나 존재해야만 하는 어떤 미덕들을 이야기하기 위해서다. 이 소설을 읽으면서 확인할 수 있었던 것처럼, 안보윤 소설에는 겉보기와는 달리 의외로 보수적인 지점이 있다. 흔히 작가를 신에 비기어 이야기하는 화법을 빌려 말하자면, 안보윤은 자기가 만든 세계 속의 피조물들이 고통당하는 것을 지켜보며 즐기는 가학적인 신이 아니라, 그들과 함께 고통당하는 것밖에는 해 줄 수 있는 게 없는 무능한 신이라 해야 옳을 것이다. 그녀는 무더위에 이불을 뒤집어쓰고 견디는 아이처럼, 곧 있을 행복을 위해 애써 이 잔혹한 세계와 맞닥뜨리고 있는 것인지도 모른다. 그렇다면 이 잔혹한 세계와의 대면에서 우리가 읽어야 할 것은 우리 눈앞에 놓인(現前) 세계 자체가 아니라 지금 이곳에 부재하는 것, 상실된 무엇, 상실되었으나 포기할 수 없는 어떤 세계일 것이다.

마지막으로 한 번 물어보자. 가족은 회생 불능의 상태에 이른 것이 사실일까. 글쎄, 잘 모르겠다. 다만 이렇게 이야기할 수는 있겠다. 그게 꼭 가족이 아니더라도, 어쨌거나 위로받고 위로를 줄 수 있는 공동체는 여전히 필요하다고. 다른 생물 종과 달리 인간은 다른 이들의 도움을 받지 않고서는 생존할 확률이 매우 낮다. 생후 이삼 년은 말할 것도 없고, 자립할 수 있는 사회적 기반을 갖기 전까지 인간은 위 세대들로부터 지속적인 보살핌과 후원을 받아야만 한다. 이러한 보살핌과 후원은 대개 가족이라는 이름의 구성체로부터 주어져 왔다. 아버지 — 어머니 — 아들로 이루어지는 가족이 사라질

지 어쩔지는 모르겠지만, 여전히 인간은 오랜 시간을 누군가에게 기대면서 살아갈 수밖에 없다는 것이 엄연한 사실이다. 누군가는 다른 누군가를 보살필 책임을 져야 한다. 그러니 우리는 물어야만 한다. 가족과 그 이후에 대해서.

안보윤

1981년 인천에서 태어났다. 2005년 장편소설 『악어떼가 나왔다』로 문학동네작가상을 받으며 등단했고, 2009년 장편소설 『오즈의 닥터』로 자음과모음문학상을 수상했다. 그 외 장편소설 『사소한 문제들』이 있다.

우선멈춤

안보윤 장편소설

1판 1쇄 찍음 2012년 2월 28일
1판 1쇄 펴냄 2012년 3월 9일

지은이   안보윤
발행인   박근섭, 박상준
편집인   장은수
펴낸곳   (주)민음사

출판등록   1966. 5. 19. 제16-490호
주소   서울시 강남구 신사동 506 강남출판문화센터 5층 (135-887)
대표전화   515-2000 | 팩시밀리   515-2007
홈페이지   www.minumsa.com

ISBN 978-89-374-8439-1 (03810)